Vivantes

Françoise Colley

Vivantes

roman

Mialet-Barrault Éditeurs
3, place de l'Odéon
75006 Paris

www.mialetbarrault.fr

ISBN : 978-2-0802-5493-1

À Simone,
Myriam, Lara et Sarah

A Vava Inouva
Txilek elli yi n taburt a Vava Inouva
Ccencen tizebgatin-im a yelli Ghriba
Ugadegh lwahc elghaba a Vava Inouva
Ugadegh ula d nekkini a yelli Ghriba.

Idir

Mon Petit Papa
Je t'en prie, père, ouvre-moi la porte
Ô fille, fais tinter tes bracelets
Je crains l'ogre de la forêt, mon Petit Papa
Ô fille, je le crains aussi.

Janvier

Je fais l'inventaire de la table du petit déjeuner, trois tasses, une plaquette de beurre, du lait, une cafetière vide, un pot de confiture, un morceau de baguette de la veille. Je suis perdue, comme hier, comme avant-hier. Je me suis levée pour réveiller Sacha, elle a cours à 9 heures.

Je l'ai appelée une fois, deux fois, trois fois. Sacha a quinze ans. C'est une ado. Elle se couche tard et n'aime pas qu'on la réveille le matin. Elle fait la gueule. Normal. Elle est grande avec de longs cheveux bouclés, châtain foncé. Elle a les joues roses, de grands yeux noirs, une bouche gourmande et rose aussi. Bien dessinée. Elle se cogne partout. Tout le temps. Ça aussi c'est normal, chez les ados. Quand ils grandissent trop vite. Ils n'ont pas le temps de s'habituer.

À peine a-t-elle fermé la porte derrière elle que je replonge dans le noir. Le tunnel. Rien au bout. Juste le sentiment d'être piégée, coincée, comme la souris de Sacha, stupide, à s'affoler seule dans sa roue. Peut-être vais-je finir comme elle, desséchée, oubliée, morte au fond de ma cage ?

La tête comme un compteur, je me mets à ranger un peu. Je tourne dans la cuisine, j'attrape une tasse, un autre café, je débarrasse puis j'avance vers l'évier. Je remplis le lave-vaisselle, je suis un automate, je fais les gestes que je dois faire sans réfléchir, je suis dans ma roue. Je ne pense qu'à une seule chose, toujours la même, depuis des semaines, des mois, des années peut-être, je ne me souviens plus.

Je ne l'aime plus. C'est toujours pareil, j'attends trop longtemps. J'essore mes sentiments jusqu'à la dernière larme et ensuite je laisse la peur s'installer, me tétaniser. Elle me bouffe, je la laisse faire. Et puis, un matin, je me réveille et il ne reste plus rien, même la peur a disparu. C'est mort, totalement consumé et je m'en vais. C'est terrible pour l'autre, j'ai trop d'avance sur lui, pas de recours possible, plus de deuxième chance. Cela se fait sans bruit, à peine quelques reproches, rien de vraiment inquiétant. Je laisse faire, je suis trop douce, silencieuse et, pour finir, je deviens froide et indifférente. Mais avant de devenir sèche, j'aime, j'aime comme une dingue, je ne demande rien, j'attends tout, je m'accroche, je me cramponne et un jour, ça lâche… L'amour, c'est pas un truc qui s'arrête du jour au lendemain, ça prend son temps, c'est un travail de fourmi, long, insidieux. C'est comme les fuites dans le plafond, ça commence doucement, une petite goutte par-ci par-là. Et puis patatras, un jour, ça vous tombe sur la gueule.

Je pars dans la chambre, m'avance vers la fenêtre. Je veux faire rentrer la lumière. Aérer. Je sors, encore la cuisine, un autre café, une clope et toujours le compteur qui tourne.

Il faut que je lâche. Je suis dégueulasse, je sais. Il m'aime encore. Mal, mais il m'aime quand même. Il va souffrir, il est fragile, il est seul. Et Sacha ? Elle aussi, elle va souffrir. Elle va m'en vouloir. C'est difficile de bousiller tout ça maintenant, je sais. Je ne peux plus rien y faire. Je n'en ai plus rien à faire. Il faut que je me sauve. C'est une histoire d'instinct, c'est important. Le mien m'a souvent servi, je lui fais confiance.

Je repars dans la chambre, je fais le lit, ramasse le caleçon et les chaussettes qui traînent, balance le linge sale dans la machine. Je retourne dans la chambre.

C'était une belle chambre.

J'attends toujours un truc, une réponse.

Maman, fais-moi un signe. Je ne sais pas. Si la porte claque, ça veut dire que je dois me barrer, si elle ne bouge pas, je dois rester. Dis-moi quelque chose. Tu m'as toujours parlé de ces trucs-là. Les esprits qui se baladent, les âmes des morts qui viennent parler aux vivants et tout le barda. Allez, quoi, on était comme les doigts de la main toi et moi. On n'a jamais vraiment eu besoin de se parler. Souviens-toi, ton nom apparaissait sur mon portable alors même que j'étais en train de composer ton numéro. Transmission de pensées. Tu me disais que nos âmes se parlaient. La nuit. Elles quittaient nos corps pour se retrouver. Alors, qu'attends-tu ? Ça ne devrait pas être un problème pour toi ! Claque la porte un grand coup, ça devrait te plaire, non ?

Rien. Nada.

Inutile de faire claquer les portes, Maman, je sais ce que tu penses. Nos âmes se parlent. La nuit.

Je sors de la chambre.

Dehors, il fait froid mais il fait beau. Le ciel est bleu. Je suis piégée comme un rat. Peut-être que c'est moi qui déconne ? Vu de l'extérieur, ça ne va pas si mal. Mais non, c'est des conneries tout ça, je sais que c'est faux. Tout est faux. C'est bien pourri à l'intérieur.

J'allume le lecteur de CD.

« *Just a perfect day, I'm glad I spent it with you.* »

Pas certaine de vouloir entendre ça. Non, ce n'est pas la journée idéale et je n'ai pas envie de la passer avec lui. Je voudrais qu'il sorte de ma tête, juste quelques heures.

« *Oh, such a perfect day, you just keep me hanging on.* »

M'accrocher à quoi ? Je n'ai plus de prise sur rien.

« *You are going to reap what you sow.* »

Merci. J'ai bien reçu le message, Mister Reed. À moins que ce ne soit toi, Maman ? J'ai toujours aimé ton côté Velvet.

Oui, on va récolter ce qu'on a semé. Pas grand-chose. C'est Ferré qui le dit, le bonheur c'est pas grand-chose, c'est du chagrin qui se repose. Maintenant, il a foutu le camp et la terre se dérobe sous mes pieds. C'est étrange, ces mots qui m'assaillent. Les mots des autres. De Lou Reed, de Ferré, de Barbara. Ils me parlent, je les écoute. Je suis seule. Ils m'aident à comprendre et me consolent. C'est comme ça, quand on n'aime plus, on est tout sec, on se sent tout vide. Avant, l'idée de ne plus l'aimer me faisait mal, une douleur sourde dans le ventre. La même que quand j'étais petite et que je pensais à ta mort, Maman. C'était impossible, ça ne pouvait pas arriver. Maintenant, j'ai moins mal, je sais que ça peut arriver. Tu es morte, Maman. Et moi, je suis vivante. Je n'irai pas jusqu'au bout du bout, jusqu'au fond du fond avec lui.

Non, je n'irai pas. J'arrête là. Je survivrai à ça aussi.

Tant pis pour nous. C'est mieux ainsi. Je n'ai plus peur. C'est l'idée d'être lâche et de continuer avec lui qui m'effraie.

Il rentrera ce soir et, après le dîner, on traînera un peu dans la cuisine. Je lui dirai.

Je lui dirai que c'est fini.

À la benne, mariage, famille, maison, projets.

C'est fini. Et hop ! Un gros *reboot* pour nos petits cerveaux vérolés, pas de sauvegarde sur le disque dur, surtout pas. On balance tout, ou mieux, on écrase.

Dans un premier temps persisteront quelques traces, quelques dossiers cachés, des fragments d'images, des bouts de phrases… et puis, un jour, plus rien.

Sacha est rentrée vers 18 heures, bisou, bol, lait, céréales et direction sa chambre.

Je ne lui ai rien dit. Elle sent bien que ça déraille depuis quelque temps. Elle se planque.

Je l'attends encore, il ne va pas tarder. Je répète la scène de ce soir. J'imagine les mots, les gestes.

Scénario 1 ? 2 ? 3 ?

Je suis sereine, détachée. Mon calme m'inquiète. J'ai l'impression de me dédoubler. Je deviens distante, rigide, objective. Je me prépare à prendre des coups et à en mettre. Pas physiquement, non. Mais avec les mots, on ne sait jamais. Je ne veux pas être cruelle mais il le faudra, je le sais. C'est sacrément difficile de dire à quelqu'un qu'on ne l'aime plus. On n'a pas envie de le faire. C'est violent, d'autant que le plus souvent, on parle à des murs, alors il faut y aller franco, frapper fort pour être convaincant.

Il est rentré vers 20 heures, il m'a embrassée. Sa bouche avait ce goût âcre et sucré. Une, deux, trois bières ? Peut-être plus. Ce n'était plus un problème pour moi. Il pouvait bien boire toutes les bières qu'il voulait.

On a dîné. Il m'a raconté sa journée. Je ne l'écoutais pas vraiment.

J'ai débarrassé la table. Sacha est repartie dans sa chambre.

Bisou. Bonne nuit. Je vous aime.

On est restés seuls dans la cuisine.

Il était assis à table et je suis venue m'asseoir en face de lui.

C'est sorti tout seul. Il a été surpris. Je connaissais mon texte sur le bout des doigts. Les silences étaient placés au bon endroit. Je reprenais la main.

Il a fait mine de ne pas comprendre. Il n'aimait pas m'entendre dire des mots durs, implacables. Il faisait toujours ça, alors je lui ai redit les mêmes mots.

Il a parlé. Il s'est emporté. Il a pleuré.

Il m'a demandé pardon. Moi aussi. Nous n'avons pas été trop blessants l'un envers l'autre et nous sommes allés nous coucher tard dans la nuit.

J'ai dormi dans ses bras. Il était malheureux mais pas encore vraiment. En me serrant contre lui, il se disait sûrement qu'il était passé juste à côté, qu'il avait eu chaud au cul, et que dès le lendemain il reprendrait les choses en main. Que tout irait mieux, les choses allaient rentrer dans l'ordre. Il m'achèterait des fleurs, il n'y avait plus de pivoines alors il prendrait des tulipes.

Pendant quelques semaines, il éviterait la bière et les apéros à la sortie de l'agence. Il ouvrirait son courrier et mettrait de l'ordre dans ses papiers. Peut-être prendrait-il rendez-vous avec sa comptable pour en finir avec ses problèmes d'Urssaf, de RSI et de TVA ? Il fallait qu'il le fasse, tout ça c'était de sa faute. Il le ferait dans la semaine. Il avait déconné, mais il n'était pas trop tard.

Il se trompait.

Nous avons encore dormi dans le même lit quelques nuits, pour faire semblant, pour Sacha. Il ne voulait pas qu'on lui dise. Il voulait gagner du temps. Il pensait que le temps jouerait en sa faveur, que nous avions vécu trop de choses ensemble pour que cela s'arrête.

Il se trompait.

Moi, j'allais mieux. Je me sentais comme une petite pousse au pied d'un arbre mort.

Je m'en fichais de faire semblant encore un peu. Je voulais que la séparation se passe sans heurt.

Je me trompais.

Avec Sacha, on a mal fait les choses. On lui a déballé notre histoire le lendemain de son anniversaire, comme si c'était mieux d'attendre ses quinze ans pour lui faire passer la pilule.

Joyeux anniversaire, mon bébé.

Elle nous en a voulu. Elle nous en veut encore. On lui a brisé son petit cœur tout neuf. Elle a recollé les morceaux depuis, mais ça reste bancal. Une histoire de trahison, de manque de confiance en soi. Et des larmes qui montent toujours trop vite au coin de ses yeux.

On ne peut pas tout réparer.

J'ai changé de chambre et je me suis installée dans celle de Lola. Elle ne vit plus avec nous, elle a pris un petit appartement avec Paul, son amoureux. Lola, c'est ma fille à moi, d'un premier mariage. Elle a eu droit au même traitement. J'ai une expérience certaine dans les petits cœurs cassés. Son père vit loin de nous, elle ne le voit pas beaucoup. On a divorcé quand elle avait quatre ans. C'était mon premier amour. Je n'avais pas quatorze ans quand on s'est rencontrés. Lui en avait trente et un.

Notre Père qui…

Quand j'étais petite, je priais tous les soirs.

C'est ma grand-mère qui m'avait appris. Un jour, elle est arrivée sans prévenir. Je descendais l'escalier de l'immeuble pour partir à l'école et je suis tombée nez à nez avec une vieille. Elle était moche, elle avait un regard d'acier, elle n'avait pas l'air d'être gentille. Moi, je ne la connaissais pas, cette vieille ; je ne l'avais jamais vue et quand elle m'a demandé si je savais où habitait sa fille et qu'elle m'a dit son nom, j'ai compris le malaise. Elle m'a sonnée, la vieille. Rien à voir avec les mamies qu'on a envie d'avoir quand on a dix ans, mais j'étais quand même assez fière de l'avoir trouvée dans l'escalier.

Je lui ai dit qui j'étais. La fille de sa fille.

Elle m'a regardée bizarrement. Elle non plus ne me trouvait pas à son goût. On a remonté l'escalier jusqu'à l'appartement. J'ai ouvert la porte, elle était derrière moi et j'ai crié : « Maman, j'ai trouvé ta mère dans l'escalier. » Ma mère est sortie de sa cuisine ; elle ne comprenait rien à mon charabia, mais quand elle a reconnu la silhouette derrière moi, j'ai compris que cette grand-mère n'était pas exactement la personne qu'elle avait envie de voir chez elle. Pas là, pas comme ça.

La vieille l'a gratifiée d'un : « Eh ben, ma vache, c'est comme ça qu'on reçoit sa mère ? »

Maman était pétrifiée. Elle était là, debout dans le couloir, avec ses cheveux défaits et ses gros seins tout mous dans sa robe sans forme.

Elle ne portait pas de soutien-gorge et ses seins tombaient sur son gros ventre, ça faisait comme des montagnes et moi j'aimais me coller contre elle. Elle était grosse, ma mère.

Elle était malheureuse et misérable aussi, et elle n'avait pas besoin de cette vieille peau dans son taudis. Un instant, j'ai cru qu'elle allait se mettre à pleurer. Pas de bonheur, non, mais de rage, de colère et d'épuisement. Pleurer pour dire que ça suffisait, qu'elle ne pouvait pas gérer ce nid à merde qui lui arrivait d'on ne savait où. Mais elle n'a pas pleuré. Elle est restée droite et fière dans sa robe dégueulasse. Elle ne voulait pas lui faire ce cadeau. Il n'y avait pas d'amour entre elles, ça se voyait. C'était dur et froid, avec plein d'aspérités, de rancœurs, de non-dits. Quelque chose qui venait de loin, d'un passé que je ne connaissais pas et qui était resté planqué jusque-là.

Ça ne sentait pas bon, cette histoire. Ça sentait le chagrin, les vieux dossiers, les règlements de comptes ; j'avais bien envie de reprendre la vieille et de la remettre dans l'escalier. Lui dire : « Non, madame, désolée, il n'y a personne qui s'appelle comme ça ici », et passer mon chemin.

Mais là, c'était foutu. J'avais livré le paquet à Maman et maintenant elle devait se débrouiller avec ce bâton merdeux.

J'étais déjà en retard pour l'école, je les ai laissées comme ça et je suis partie.

Je ne sais pas si elles se sont embrassées pour se dire bonjour, si elles ont marché l'une vers l'autre pour se prendre dans les bras. Je ne sais pas si ma grand-mère a aimé se coller contre les seins de ma mère. Si elle a senti l'odeur de sa peau. Elle sentait toujours bon, ma mère, un mélange de crème Nivea et d'huile de friteuse.

À mon retour de classe, les choses étaient rentrées plus ou moins dans l'ordre, la vieille était là. Elle nous scrutait tous de son regard d'aigle.

C'était étrange de se dire qu'elle était de ma famille. Pour moi, ma famille s'arrêtait à mes parents et mes frères et sœurs. Et c'était déjà assez compliqué comme ça. Pas de grands-parents, pas d'oncles ni de tantes, pas de cousins, rien. Juste nous.

On était assez proches des voisins du dessous et une nouvelle famille d'Italiens venait d'emménager au quatrième étage. La femme était drôle. Ma mère disait qu'elle avait chaud au cul, l'Italienne, et une bouche à en tailler treize à la douzaine, que ça se voyait comme le nez au milieu de la figure, moi je ne savais pas trop. L'Italienne écoutait de la musique du matin au soir, c'était gai. Elle avait un tourne-disque et des 45 tours. J'aimais bien me réveiller en entendant Mike Brant me demander : « Qui saura, qui saura, qui saura ? Qui saura me faire oublier, dites-moi… »

Mon père est arrivé plus tard. Il est rentré de son travail et a fait connaissance avec sa belle-mère. Elle l'a méprisé au premier regard, faut dire qu'il ne lui avait pas vraiment laissé le choix. Ils se ressemblaient assez, tous les deux. Ils étaient mauvais. Lui avait un regard noir, des yeux de fou, surtout quand il avait bu, et c'était souvent. Elle, des yeux bleus et froids, aiguisés comme des stalactites, qui vous transperçaient le cerveau.

L'appartement était petit, on était nombreux.

J'avais dix ans et je devais dormir avec elle, dans le même lit.

La première nuit, elle s'est mise à prier et, très vite, elle s'est arrêtée :

— Alors, tu ne fais pas ta prière ?

— Ben non !

— Et pourquoi ça ? Qu'est-ce qu'elle fait donc, ta mère ? Tu fais pas tes prières le soir ?

— J'sais pas.

— Tu sais pas quoi ? T'as pas fait ta communion ?

— Ben non.

— Comment ça ? Tu vas pas au catéchisme ?

— Non, j'y vais pas. Mais c'est normal, je suis arabe.

— Comment ça, t'es une Arabe, t'es pas une Arabe !

— Ben si, mon père est algérien, je suis algérienne.

— Mais non, ta mère est française et t'es née en France. T'es pas une Arabe, t'es catholique.

— Ah bon ?

— Oui, ta mère est catholique ! Non mais qu'est-ce que c'est que ces histoires ? On va voir si t'es une Arabe et moi je vais t'apprendre les prières. Tu veux ?

— Oui.

Et voilà comment je suis devenue « catholique ». Un soir, dans mon lit, avec cette vieille femme. Un souvenir comme une pierre qui marque le temps. Un évènement déterminant. Ma grand-mère m'a appris le « Notre Père » et le « Je vous salue Marie » et c'est le plus beau cadeau qu'elle pouvait me faire. Une putain d'arme de destruction massive pour conjurer ma peur.

Très vite, je suis devenue fervente catholique.

Tous les soirs, je récitais mes prières. Tous les soirs, je demandais la même chose.

C'était comme des chansons, des mélodies. Elles étaient moins gaies que les chansons de l'Italienne du dernier étage, mais je les espérais beaucoup plus efficaces pour égayer mon quotidien. Un poison que j'administrais quotidiennement, en dose infinitésimale, avec la patience et l'obstination d'une enfant qui a la vie devant elle. Une formule de sorcière que je chuchotais dans le noir et qui m'apaisait, avant de fermer les yeux et dormir : « Bon Dieu, Jésus, Marie, protégez-nous, protégez ma mère et faites que mon père, il meure ! »

Ça a duré longtemps, des années, soir après soir, j'ai prié.

Et enfin, c'est arrivé.

Malheureusement, il n'est pas mort, mais il est parti.

Il en avait fini de nous, de cette saloperie de France et il est rentré chez lui.

Il aurait mieux valu qu'il crève.

Ma mère

Elle était arrivée là avec ses cinq enfants au hasard des petits boulots de son mari, le Juif, mais ça c'est une autre histoire. Elle vivait dans un immeuble HLM, juste à côté de la baraque de chantier où dormait mon père. C'était la fin des années 1950, les premiers HLM sortaient de terre pour répondre à la crise du logement de l'après-guerre. Pour elle, c'était l'Eldorado. L'appartement, un cinq-pièces de quatre-vingt-dix mètres carrés, était tout beau tout neuf. Avec une salle de bains, des WC, une cuisine, une salle à manger, un salon et trois chambres. Elle en fut la première locataire et y a passé trente ans de sa vie.

La route, depuis sa chambre de bonne du 10e arrondissement de Paris, avait été sinueuse. Elle avait fait une première halte chez ses frères, avec ses deux premiers enfants. Trois de ses frangins avaient été dans la Résistance pendant la guerre, et tout de suite après, ils étaient partis en Afrique pour travailler sur de gros chantiers. C'était bien payé. Avec l'argent gagné, ils avaient acheté une belle bâtisse dans leur région, en Champagne. La maison était grande, toute la fratrie s'était rassemblée là. Le regroupement familial n'a pas résisté longtemps. Le temps pour Maman d'accoucher de son troisième enfant et l'histoire a tourné vinaigre.

Son mari ne faisait pas l'unanimité. À part sa jeune sœur, qui l'aimait bien plus que de raison, tous les autres le trouvaient crâneur et suffisant. Ce beau parleur cherchait sans cesse à leur en mettre plein la vue avec ses histoires à dormir debout, ses bagnoles et ses beaux costumes. Un fabulateur, qui se prenait pour Onassis alors qu'il était fauché comme les blés.

Ils n'avaient pas tort sur tout mais tout de même, ils avaient la mémoire courte, les frangins. Le crâneur leur avait rendu quelques services. D'accord, il en rajoutait toujours un peu, et ses blagues juives n'étaient pas toujours du meilleur goût. Mais il pouvait se le permettre, il avait payé la note.

Tout n'était pas du flan, chez lui. Et ce n'était pas vrai qu'il était fauché. La période était plutôt faste, d'ailleurs. Au volant de sa Renault Juvaquatre, son petit business allait bon train. Il vendait de tout. Des vêtements, des trousseaux de linge, des montres, des coucous suisses, des ménagères. Et il gagnait de l'argent. Il savait le faire. Il aurait pu en gagner vraiment beaucoup, mais il s'en fichait. Il n'aimait pas ça. Il était désinvolte et détaché, comme ceux qui grandissent tranquilles avec beaucoup d'amour et tout ce qu'il faut. Il avait bien vécu et avait profité de tout cet amour aussi longtemps qu'il avait pu. Un vrai fils à papa, d'après Maman. Ses parents étaient riches, ils avaient une usine de chaussures à Graz, en Autriche. Cela aurait dû durer toujours, mais la chance a tourné quand le Führer a décidé de les exterminer. Heureusement pour le mari de Maman, ses parents n'avaient pas attendu longtemps avant de l'expédier loin de cette folie. En Angleterre. Il n'en parlait jamais. Ou alors, juste pour raconter ses aventures dans l'aviation anglaise. Il était sorti de cette guerre avec une conscience aiguë de l'inutilité et de la futilité de son existence. Cette femme belle et jeune, sa femme, aurait dû faire comme les autres avant elle. Passer. La famille, le travail, la réussite sociale, ce n'était pas son projet. D'ailleurs, des projets, il n'en avait pas. Lui aussi ne faisait que passer. Ce qu'il aimait, c'était la flamboyance, la superbe. Il était comme Vittorio De Sica dans *Pain, amour et fantaisie*.

En bon boxeur qu'il était, il aurait pu leur régler leur compte, aux frangins, et distribuer quelques bourre-pifs, histoire de leur rabattre le caquet. Mais il a ravalé sa salive. C'est vrai qu'il était déjà vieux et qu'il revenait de loin. Il n'avait pas besoin d'eux pour lui tirer le portrait. Il était lucide et il se foutait bien de ce qu'ils pensaient de lui.

Maman les a tous traités de cons et a fait les bagages.

Le dandy a embarqué sa tribu dans sa Juva et roule ma poule. Adieu la sainte famille.

Ils sont repartis sur les routes de Champagne, direction Brienne-le-Château. C'était son coin, à Maman, elle y avait passé son enfance. Ses parents vivaient toujours là. Dans leur maison qui sentait la cancoillotte, le tabac et le vin. Juste à côté de la scierie du grand-père. C'était un scieur de long. Un homme silencieux, au regard fixe et aux moustaches si longues qu'elles lui tombaient en bas des joues.

Maman aimait son père.

Elle a loué une maison, pas trop loin d'eux mais pas trop près non plus. Dans la maison, il y avait un pensionnaire. Un prisonnier allemand. Ils l'ont gardé. Le mari Juif n'était pas rancunier, Maman non plus. Le prisonnier était gentil, il lui tenait compagnie. Plus que jamais, son mari battait la campagne. Elle ne savait pas trop ce qu'il fichait à traîner comme ça. Elle pleurait souvent. On pleure beaucoup, quand on est jeune. Et ça dure, la jeunesse, quand on est mariée à un type qui pourrait être son père.

Elle avait dû penser qu'elle serait tranquille, qu'elle saurait le tenir. Qu'avec elle, il changerait. Elle s'était crue la plus forte avec ses petits seins pointus, son teint de porcelaine et ses cheveux auburn. La partie était truquée. C'est elle qui avait distribué les cartes. À son avantage, croyait-elle. En cas de pépin, elle pourrait toujours balancer son joker « jeunesse » pour rafler la mise. Elle s'était prise pour une princesse, un petit bout de sucre. Sauf que les petits bouts de sucre ne font pas des mouflets à intervalle constant. Leur histoire prenait l'eau. Englouti, le petit bout de sucre. Dissous dans une mer de larmes. Quand mon grand frère la surprenait en train de sangloter, elle lui décrochait un sourire et lui disait qu'elle pleurait de bonheur. Et mon cul, c'est du poulet ? Fallait pas le prendre pour un imbécile, le petit rouquin. Elle était jeune, elle était piégée. Et elle n'avait eu besoin de personne pour se mettre dans ce pétrin. Voilà pourquoi elle pleurait.

Lui savait bien ce que faisait son père. Il l'emmenait régulièrement faire un tour avec lui. C'était son *Mischlinguele*, comme il disait. *Mischling*, ça veut dire métis, bâtard. C'est comme ça qu'on désignait les personnes d'ascendance partiellement juive sous le Troisième Reich. Il le faisait grimper à l'avant de la voiture et prenait la route de l'aérodrome, direction la base américaine.

Comme tous les petits garçons, le *Mischlinguele* était transi d'amour pour sa mère. Les autres mamans ne lui arrivaient pas à la cheville. Il ne comprenait pas comment elle s'était retrouvée flanquée d'un mari aussi vieux. Il voyait tout, comprenait tout. Cette lucidité féroce n'enlevait rien au charme de ce père hors norme. Insaisissable. C'était un illusionniste. Son Houdini à lui. Le spécialiste de l'évasion. Le roi de la métamorphose. La maison n'était qu'une loge pour lui. Un lieu de passage. Rien de plus. L'essentiel se jouait à l'extérieur. Au contact de l'air et de la lumière, sous le regard des autres, il prenait forme et vie. Une sorte de réaction chimique qui le rendait plus beau, plus plein, plus fort. Tout, en lui, changeait. Son allure, sa gestuelle, son phrasé. Il s'installait au volant de sa voiture et la magie opérait. C'était fascinant. Un comédien hors pair. Mon frère l'observait, l'analysait. Critique, il n'en était pas moins admiratif. Le cabotin passait de l'homme d'affaires au contrebandier, du séducteur au père accablé par le poids des responsabilités, du héros de guerre à l'homme terrassé d'avoir perdu ses parents dans les camps de la mort. Cela dépendait des nécessités du jour et du public. Surtout du public. À Brienne, débarrassé des frangins de sa femme, il frétillait comme un gardon. Il rayonnait. La base américaine était un terrain de jeux idéal pour lui. Il parlait français, anglais, italien, allemand. Il jouait les interprètes, côtoyait les messieurs de l'administration. Ça grouillait de jeunes officiers, de Jeep, de Dodge immenses aux couleurs acidulées, de bars, de musique et de filles. Plein de filles aux tailles serrées et aux robes fleuries qui fumaient des cigarettes américaines et buvaient des alcools forts. Le *Mischlinguele* était aux anges. Les soldats américains lui remplissaient le gosier de sodas, de chewing-gums et de toutes sortes de produits pas toujours identifiables. Son guide polyglotte était parfait, et comme le rejeton était perspicace, il savait se faire oublier pour profiter de tous les spectacles.

Le monde était couleur, sur cette base américaine. Exotique, libre et joyeux. Une promesse de bonheur et de paix portée par l'exubérance et la force de vie des vainqueurs.

Pour son père, sûr qu'il y avait de quoi faire. Parfois, il rentrait à la maison, souvent très tard, accompagné de grands hommes noirs. Ils palabraient jusqu'au petit jour en écoutant du rhythm'n'blues. Mon frère s'endormait, bercé par la musique et le flot de paroles. La tête pleine d'aventures extraordinaires et de rêves d'enfant.

Mis à part sa mère qui pleurait de bonheur, tout allait bien pour lui. La vie était douce. Dans cette ville, il se sentait chez lui. Ses grands-parents ne vivaient pas loin. Il leur rendait visite de temps en temps, quand il s'égarait vers le vieux moulin à la sortie de l'école.

Pour sûr, ce père était une énigme. Il l'est resté. Toujours. Léger, inconséquent, oisif, lâche parfois, mais tellement vivant, élégant, drôle, incisif, libre.

Personne ne savait exactement dans quelles magouilles il trempait : l'alcool ? Les cigarettes ? Les filles ?

D'après mon frère, c'était les filles.

Il l'avait surpris plusieurs fois, en conversation assez animée, avec un drôle de lascar. Un gaillard pas américain du tout, plus enclin à distribuer des torgnoles que des chewing-gums.

De son côté, Maman avait, elle aussi, succombé aux charmes de l'étrange étranger. Elle n'est jamais vraiment rentrée dans les détails. Je ne sais pas exactement ce qui s'est passé entre elle et son prisonnier. Mais quarante ans après, quand elle nous racontait cette période de sa vie, elle en parlait encore avec des trémolos dans la voix.

Le prisonnier allemand est rentré chez lui. Il a été libéré avec les honneurs après avoir sauvé un gamin de la noyade. Il aurait bien voulu emmener Maman avec lui chez les Teutons. Elle était belle, jeune, un peu fragile. Lui non plus n'était pas regardant. Il embarquait l'équipage au complet, elle et les cinq petits. Elle en avait fait deux de plus depuis son retour en terre natale. C'était une pondeuse. On lui serrait la main, elle tombait enceinte. Enfin, c'est ce que disait son mari. Il ne se contentait certainement pas de lui serrer la main. Il avait l'humour grinçant, le gars. Et la cruauté de ceux qui se savent coupables.

Elle n'a pas eu le cran de partir avec son Allemand. Dommage. Elle aurait dû se laisser tenter. D'autant plus que, très peu de temps après, il a fallu reprendre la route. Un départ précipité, une débandade, un sauve-qui-peut, qui avait sans doute quelque chose à voir avec les activités de son mari et ses relations de travail avec le lascar de la base américaine. Du jour au lendemain, *exit* les balades en Jeep et les copains GI. L'avenir était ailleurs. Loin. Dans l'Est. Près de la frontière allemande. Maman n'en croyait pas ses oreilles. La vie était une drôle de garce. Elle venait de laisser filer son Allemand, et c'est avec ce cossard qu'elle devait prendre la tangente pour s'exiler chez les boches.

Dans un vieux fourgon Citroën, ils ont entassé les quelques bricoles qu'ils avaient. Maigre héritage de leur quart d'heure américain. Deux poules, un chat, un teckel à poil dur, un teckel à poil ras, une vieille armoire, une table, des chaises et cinq ratons laveurs. Enfin non, cinq enfants. Les ratons laveurs, c'est Prévert. C'est plus rigolo.

Ils se sont arrêtés juste avant la frontière allemande. Là où le nom des patelins se termine en « *ach* ». Le village était coupé en deux par la route nationale qui servait de frontière. D'un côté, la France et les petites maisons basses et grises des cités minières, de l'autre, l'Allemagne et une tripotée de bars à putes clignotants et colorés, alignés le long de la route. Chaque fin de mois, les mineurs traversaient la frontière en douce pour se saouler et se faufiler dans les jambes des filles. Ils n'avaient pas attendu les accords de Schengen pour la libre circulation des biens et des personnes. La promesse était trop belle. Les femmes trompées attendaient, postées comme des snipers, derrière leurs rideaux de cuisine, à zieuter les moindres mouvements de la rue. De temps en temps, l'une d'entre elles s'aventurait de l'autre côté de la frontière pour récupérer son homme avant qu'il ne dilapide tous ses sous. En général, elle attendait qu'il soit suffisamment mûr pour le déloger sans trop de résistance et éviter de prendre un gnon. Au-delà de la crainte de voir s'envoler le maigre salaire de son boit-sans-soif, c'est l'humiliation qui lui tordait le ventre. Elle espérait une nuit sans lune qui la rendrait invisible aux commères planquées derrière leurs volets clos. Il fallait être sacrément héroïque. Elle revenait du bistrot, honteuse, tirant son pochtron à bout de bras, chuchotant des « *Oh mein Gott !* » et des « *Leck mich am Arsch !* » Quand l'ivrogne ouvrait trop sa gueule sur la route du retour, elle le menaçait avec des « *Halt Schneiss, du arschloch !* » Si, par malheur, les volets venaient à s'ouvrir, elle en aurait pour toute la semaine à supporter les messes basses et les hochements de tête des gorgones en bigoudis. L'idée d'aller chercher le pain à la SAMER le lendemain matin et de perdre la face devant les ratscheuses de la rue en dissuadait plus d'une.

Ma mère a atterri du bon côté de la nationale.

Enfin, je n'en sais rien. Elle aurait peut-être préféré vivre de l'autre côté, avec les putes, à siroter du mousseux, au lieu de se farcir la sorcière qui vivait en dessous de chez elle.

C'était la fin de l'été 58, elle n'avait pas trente ans. Ils vivaient entassés dans une mansarde. Les chiottes au fond de la cour. Avec sa couvée, elle passait ses journées à faire bouillir des lessiveuses de linge et à maudire l'épaisse fumée noire que crachait la cokerie d'à côté, et qui l'empêchait d'étendre son linge dehors.

Le chat Félix s'est fait écrabouiller par une voiture dès le lendemain de leur arrivée. Ils ont refilé le teckel à poil dur à un chasseur du coin. Micky, le teckel à poil ras, est resté. Les deux poules ont échappé à la casserole grâce à l'intervention *in extremis* de mon frère aîné.

Pour Maman, cette année a sans doute été l'une des plus terribles de sa vie. La déroute. Le début du naufrage. Ils n'avaient plus rien. Elle vivait dans un appartement insalubre. Elle était loin de chez elle, loin des siens. Elle était perdue parmi ces gens qui parlaient un drôle de français et qui commençaient systématiquement leurs phrases par « *Oyé, oyé. Mein lieber Mann !* » Elle n'avait rien en commun avec ces femmes en tablier qui passaient leurs journées à briquer leur cuisine en formica.

Elle pensait à son prisonnier. À ses amours perdues. Aux occasions ratées. À sa jeunesse qui lui filait entre les doigts. À sa chambre de bonne sous les toits de Paris, aux sandwichs qu'elle vendait aux danseuses des Folies Bergère. Aux œufs mayonnaise de chez Chartier. Au rouge à lèvres très cher et très rouge qu'elle piquait dans les grands magasins avec sa copine Bleuette. Elle pensait à son beau journaliste israélien qu'elle avait fait tourner en bourrique, à son dompteur de tigres qui voulait l'épouser. Elle pensait à sa vie qu'elle avait foirée. À ces choix. Mauvais. À ce ciel noir qui lui rasait la tête. Elle pensait à ce mari qui s'était bien foutu d'elle.

Elle pensait à se foutre en l'air.

Ce jour-là, comme les précédents, elle avait passé la journée seule à s'occuper de ses gosses. Il était rentré tard. Les enfants dormaient et elle finissait son assiette de semoule au lait. Elle a posé sa cuillère sur le coin de la table et lui a annoncé qu'un soir, il rentrerait et la retrouverait pendue à la poutre de la mansarde. Elle avait les yeux des femmes dont la peine a mangé tous les rêves. Sa voix était blanche, sans timbre. Elle s'est levée, a posé son assiette dans l'évier et s'est glissée dans son lit. Rompue.

Il a compris qu'elle ne bluffait pas. Elle n'était pas du genre à dire des choses comme ça. La perspective de se retrouver veuf avec cinq enfants ne l'enchantait vraiment pas. Comme tous les vampires, il se devait de la garder debout, vivante, pour assurer sa propre survie.

Il s'est remué les fesses et ils ont emménagé dans leur nouvel appartement HLM, pendant l'été 59.

Mon père

Je priais déjà depuis plus de cinq ans.

Cet été-là, mon père a reçu un télégramme de son frère qui vivait à Alger. Il devait venir de toute urgence car sa fille, Zora, était mourante.

Zora était la première fille de mon père. Il avait eu une femme avant, quand il travaillait dans les mines, dans le nord de la France. Ils avaient eu deux enfants, Zora et Karim.

La femme était morte, on ne savait pas trop comment. Cela dépendait de mon père et de son taux d'alcoolémie. Quand il avait les idées claires, elle s'était suicidée devant lui et les enfants en se jetant par la fenêtre de leur appartement. Quand il était saoul et plein de bonnes intentions, il se vantait de l'avoir poussée du haut du deuxième étage et promettait le même sort à Maman et à nous. Accessoirement.

Après la mort de sa femme, mon père avait pris ses deux enfants sous le bras et les avait emmenés chez son frère, à Alger, pour qu'il s'en occupe le temps qu'il arrange ses affaires. Plus tard il reviendrait les chercher.

Ils ont attendu une bonne dizaine d'années avant d'avoir des nouvelles.

Débarrassé de ces deux rejetons, il a quitté les mines du Nord pour s'installer dans une petite ville de l'Est, à deux kilomètres de la frontière allemande. C'est là qu'il a rencontré ma mère.

C'est mon frère aîné qui a provoqué leur rencontre. Il traînait partout, un vrai chat de gouttière. Il passait son temps avec les ouvriers dans la cabane de chantier, juste au pied de l'immeuble. Il pouvait passer des heures à écouter les histoires de ces hommes qui vivaient ensemble, loin de leurs pays et de leurs familles. Il leur piquait des trucs, aussi. Tout ce qui lui tombait sous la main. Les types n'étaient pas dupes, ils avaient très vite compris son petit manège mais ils le laissaient faire. L'adolescent avait l'air aussi perdu qu'eux dans ce ciel perpétuellement gris. C'étaient des travailleurs. Et pour mon frère, c'était une bonne chose.

C'était exactement ce qu'il fallait pour sa mère. Un travailleur. Elle avait trente-cinq ans et six gosses. Son mari, elle passait son temps à le foutre dehors parce qu'elle n'en pouvait plus de ce type qui lui bouffait ses allocations familiales, juste bon à lui faire des enfants et à draguer les vendeuses du Prisunic.

Ils auraient pu être heureux. Ils l'avaient été, de temps en temps. Il n'était pas méchant, un peu cruel parfois, mais c'était souvent pour ne rien laisser paraître de ses propres failles devant cette femme trop jeune qui le regardait vieillir. Il n'était pas encombrant, juste imprévisible et inconséquent. Les jours fastes, il pouvait rentrer les bras chargés de victuailles, ou trimballant une machine à laver qu'il avait échangée contre on ne savait quoi. Dans l'immeuble, ils avaient été les premiers à avoir une télé. Du coup, les gamins du quartier se donnaient rendez-vous dans le salon pour regarder les aventures de Rintintin. Il aimait ça. Ça le faisait marrer. Maman, ça ne la faisait pas rire du tout. Elle n'en avait rien à faire d'avoir une télé et de faire bicher les voisins. Elle, la vitrine, elle s'en fichait. Elle en avait marre de ses conneries. Elle aurait préféré pouvoir remplir son frigo et ne pas avoir à gérer les ardoises chez l'épicier ambulant, qui klaxonnait tous les matins à 11 heures pétantes sous ses fenêtres.

Grâce à l'appartement en HLM, il avait évité le veuvage, mais la remise en question s'était arrêtée là. Ses projets d'entreprise avaient capoté les uns après les autres. Faut dire qu'il s'était beaucoup économisé. Il avait appris à gérer son degré d'implication. Dans la vie, dans l'amour, dans la paternité. Jamais trop. Rester vague. Diffus. Étranger. Ils auraient pu être très heureux, mais rendre les gens heureux, c'est du boulot. Trop d'efforts. Trop de contraintes. Trop de lui.

Il fallait un travailleur dans la maison.

Son *Mischlinguele*, sa moitié de, en a trouvé un.

L'homme était un des ouvriers qui vivaient dans la cabane de chantier. Ils n'avaient pas l'eau courante. Mon frère lui a proposé de venir s'approvisionner dans la cuisine de Maman.

Il était plutôt beau, grand, brun. Le sosie d'Omar Sharif. Maman lui a donné de l'eau et pas que.

Je suis née en 66. Il paraît que je suis l'enfant de l'amour. J'ai du mal à le croire. L'aînée du deuxième lit. Après moi, il y en a eu encore trois autres, deux garçons et une fille.

En tout, dix enfants, six avec le Juif et quatre avec l'Arabe.

Maman était la Kofi Annan du HLM. Comme il restait encore les deux de Papa qui attendaient qu'on vienne les récupérer chez l'oncle en Algérie, elle s'est mise au boulot pour les rapatrier. Ben oui, rapatrier, parce que même s'ils avaient fait la route dans l'autre sens, ces deux-là étaient nés en France. Deux petits ch'tis frisés, nés dans un bled pas loin de Roubaix. Malgré leur pédigrée, ça n'a pas été facile. Maman s'en est coltiné de la paperasse, pendant des années. Son acharnement a fini par payer. Un beau jour, Karim est arrivé dans notre salle à manger.

Je me souviens de cette journée. Elle a un goût de sucre et de dattes. Karim en avait certainement rapporté dans sa valise. Il devait avoir quatorze ou quinze ans, c'est loin, j'étais toute petite. Je crois qu'il était habillé tout en blanc. Il n'était pas très grand et avait un visage tout rond.

Je me rappelle une belle journée, il y a du soleil dans mon souvenir, une journée de joie et de fête.

Malheureusement, la pauvre Zora n'avait pas fait partie du voyage. Elle était restée là-bas, bien enfermée dans les serres du vieux rapace qu'était le frère de Papa.

Maman n'a pas baissé les bras, elle était tenace. Mais rien n'y a fait. Elle n'a jamais pu la faire venir. Elle ne le savait pas, mais le problème ne venait ni de l'administration algérienne, ni de l'administration française. Non, le gros nœud dans cette histoire, celui qui a tout fait capoter, qui a menti et manigancé, c'est le pourri, l'affreux, le rancunier. Le frère de Papa. Il l'a gardée avec lui. Elle était son otage, sa monnaie d'échange, son moyen de pression.

C'est grâce au stratagème de ce vieux serpent et à Zora que ma prière a été exaucée.

Pardon, Zora, ce n'est pas joli-joli, je ne suis pas fière de moi. Je sais que tu en as bavé. Tu me l'as dit. Bien longtemps après. Un soir, alors que nous étions assises toutes les deux, sur les marches de l'escalier de ta maison, dans la banlieue d'Alger.

J'avais fait le chemin pour te voir. Pour voir ton visage, tes yeux. Savoir si je te ressemblais. Si tu lui ressemblais. C'était un moment étrange, le sentiment de boucler la boucle, comme au Cluedo quand on comprend que c'est le colonel Moutarde qui a tué madame Pervenche avec le chandelier, dans la bibliothèque. Ce soir-là, j'ai compris que grâce à toi, à ton sacrifice, nous avons été débarrassés de cette pourriture.

Grâce à ce télégramme nous annonçant ta mort prochaine.

Grâce à mes prières, un peu, aussi.

Ce télégramme tombait à point nommé. Un peu trop, d'ailleurs. Mon père venait juste de gagner le jackpot. Depuis toujours, il dépensait une bonne partie de sa paie aux courses, et nos dimanches étaient rythmés par la voix de Léon Zitrone. Mais, malgré sa constance à pourrir nos repas dominicaux, ce ne sont pas les canassons qui ont financé son retour au pays. La baraka, c'était Maman. Elle s'était bien emmerdée à remplir tous les papiers pour qu'il obtienne une petite pension d'invalidité, après avoir fusillé ses poumons à faire tourner les bétonneuses sur les chantiers. La cerise sur le gâteau, c'était la petite assurance-vie que lui avait refourguée un représentant multicartes qui se teignait les cheveux en noir corbeau. Il passait sa vie là, le père Fritz, à tapiner dans les escaliers des HLM avec sa petite mallette, ses petites lunettes, son pardessus, sa mise en plis et son nez pointu. Mister Magoo avec des cheveux frisés. Il virevoltait d'un appartement à l'autre. Un toc-toc inaudible et hop, il était dans votre cuisine.

Le père Fritz a bien essayé d'embrouiller Maman quand mon père est tombé malade, mais elle n'a rien lâché. Pas de bol, c'était sans doute la seule personne capable de lire un contrat d'assurance dans toute sa clientèle d'illettrés. Mister Magoo a raqué et Papa s'est retrouvé avec un petit pactole qu'il s'est empressé de claquer en cadeaux pour la famille de son frère en Algérie. Le vieux avait quatre femmes et vingt-quatre enfants. Après le télégramme nous annonçant que Zora était sur le point de rendre son dernier souffle, il avait envoyé à mon père une liste de courses longue comme le bras. Ça en faisait des savonnettes, des slips, des soutiens-gorge et des jeans pour préparer les funérailles de la grande sœur. Il y en avait pour le village entier et mon père n'a pas lésiné sur la dépense. Normal, il avait sa fierté, le gars. Il n'allait quand même pas rentrer au bled comme un clochard, un chien galeux. Débarquer comme ces vieux Arabes, une main devant, une main derrière après avoir trimé comme des bêtes leur vie durant, loin de chez eux, parqués dans des foyers de travailleurs. Plutôt rester là, à crever de sa cirrhose.

Mon père avait vécu comme ça. Invisible. Transparent. Comme ces hommes sans passé, sans pays, sans famille. Mon frère aîné, le chat de gouttière, m'a rapporté des histoires que mon père lui avait racontées sur ses activités en France pendant la guerre d'Algérie. Il avait travaillé en sous-marin pour le FLN et il récoltait de l'argent sur le territoire français pour financer la lutte. Il aurait été arrêté et torturé. Mon frère prétend qu'au début, mon père avait toujours un flingue planqué dans ses affaires. Il assure même l'avoir eu dans les mains. Il est comme ça, mon frère, il faut toujours qu'il en rajoute. Mon père ne nous a jamais parlé de la guerre. Il ne parlait jamais de sa vie d'avant. Je ne sais presque rien de lui. Juste qu'enfant, il gardait les chèvres, et qu'un jour il s'était fait méchamment chicoter parce qu'il s'était endormi au pied d'un olivier et qu'une de ses biquettes en avait profité pour se faire la malle. C'est peu. Je ne connais pas le prénom de sa mère ni celui de son père. Rien sur l'histoire de sa famille. Sur la maison de son enfance. Sur les montagnes de Kabylie.

Pendant plusieurs années après ma naissance, il a continué à vivre au « dépôt ». C'est ainsi qu'il appelait le foyer de travailleurs où il avait emménagé après avoir failli crever carbonisé dans la cabane de chantier. Et même plus tard, les lendemains de cuite, il lui arrivait de reprendre son barda et de retourner dormir dans son dortoir. Le temps que ça se calme à la maison.

J'allais lui rendre visite avec ma mère ou ma grande sœur. La deuxième. Elle devait avoir treize ans et s'occupait des petits pour donner un coup de main à Maman.

Le « dépôt » de Papa se trouvait derrière le bâtiment administratif de son employeur. Il jouxtait le hangar dans lequel étaient remisés les véhicules et le matériel de la boîte. C'était pratique, la main-d'œuvre et les machines à portée de main. Il fallait passer une grande grille et, au fond de la cour, apparaissait un bâtiment gris assez austère. Il fallait grimper une volée d'escalier pour accéder à la porte d'entrée. J'ai encore la sensation de mes petits doigts agrippés aux barreaux du garde-corps. Cette odeur entêtante de brillantine, d'eau de Cologne et de savon qui me saisissait, à peine entrée à l'intérieur du bâtiment.

C'était l'odeur de ces hommes.

Ils étaient quelques-uns à vivre ensemble, les Akli, les Omar, les Mustapha, les Taieb, les Allaoui. Ils sentaient bon le propre.

Je devais avoir deux ou trois ans. J'étais la princesse. L'enfant d'un des leurs. C'était la fête chaque fois que j'y allais. Ils sortaient les sucreries qu'ils avaient dans leurs placards et étalaient leurs trésors sur la table rien que pour moi. Des gâteaux secs, quelques dattes, des figues séchées, des arachides. Ils m'apprenaient à compter, *wahed*, *jouj*, *tlata*. Je répétais comme un petit perroquet. Ça les faisait rire, mais leurs regards étaient mouillés. Mouillés par l'absence et le manque. L'absence des cris d'enfants.

L'absence des femmes, des frères, des mères. La solitude et le déracinement. J'étais un petit rayon de soleil qui leur réchauffait l'âme et le corps mais qui les ramenait à la vacuité de leur vie.

Il y avait toujours un fond de musique ou une radio qui grésillait, un jeu de dames sur le coin de la table de la cuisine. Les effluves des gros piments verts qui frétillaient dans l'huile d'olive sur le réchaud me piquaient le nez et les yeux.

J'avais tous les droits, je fouinais partout. Dans les chambres, des lits en fer. Sur chacun d'eux, une trousse de toilette en tissu de couleurs vives. J'ouvrais chacune d'elles et je m'amusais à faire l'inventaire détaillé de l'intimité de ces hommes : une bouteille de brillantine bleu saphir, une brosse à cheveux ronde en plastique jaune ou vert fluo, un gant de toilette dans lequel était rangée une savonnette, une boîte de savon à raser, un blaireau avec des poils longs et doux que je promenais sur mes joues, un rasoir, une bouteille d'eau de Cologne, une petite boîte de tabac à priser en métal argenté.

Au pied des lits, les savates étaient bien alignées.

Mon père a vécu là assez longtemps et, un jour, il s'est installé à la maison. Il s'est glissé dans sa nouvelle vie, que beaucoup de ses compagnons d'exil lui enviaient. Il avait une femme, des gosses, un appartement, une télé, un canapé, un lit deux places et une mobylette orange. Une Flandria avec le siège en moumoute imitation léopard. Il m'emmenait à la maternelle. Je me calais entre ses jambes debout sur le repose-pieds, mes mains sur le guidon frôlaient les siennes et je sentais son grand corps enveloppant derrière moi.

J'étais une petite fille aux yeux noirs et aux cheveux bouclés. J'étais sa fille, j'avais confiance en lui et je l'aimais.

Mon amour n'a pas suffi pour remplir l'absence et le manque.

L'amour ne suffit pas pour rendre les gens heureux.

Pour lui, l'attente avait été longue et usante. Il avait fallu patiemment tout détruire, ne rien laisser derrière soi, pas même une petite lueur d'espoir, un petit souvenir de bonheur. Ou alors, vraiment très lointain. Un petit tour en mobylette orange. Une petite fille en robe rouge grimpant l'escalier du dépôt. Les jours de carnaval, quand il m'emmenait à la cavalcade, en ville, et qu'il me hissait sur ses épaules pour que je puisse m'extasier à chaque lancer de bâton des majorettes. Les « allez, hop ! » scandés par la foule agglutinée le long de la rue principale. Ses mains qui tenaient les miennes. Les jours d'été, quand on partait à travers la forêt, une serviette-éponge enroulée autour de la taille, direction la piscine « découverte ». Les Malabar et les Chocorem qu'on allait piquer au magasin Schroeder, juste en face. L'odeur du café au lait du dimanche matin, les tartines de beurre. Les colle-au-cul de

Maman qui cramaient au fond de la grosse casserole en fonte. Les chansons du « Big Bazar » sur RTL et le jingle de « Stop ou Encore ».

Il s'est donné beaucoup de mal pour qu'il ne reste rien. Mécaniquement, il a détricoté nos vies, remplacé les papillons dans nos ventres par de grosses pierres qui nous empêchent d'avancer. Essoré nos cœurs et nos yeux. Le désamour, ça prend du temps, c'est un vrai boulot. Ce boulot-là, il l'avait bien fait. Il était temps pour lui de plier bagage. Avec ses valises remplies ras la gueule, son retour serait triomphal. Il ne rentrerait pas ventre à terre, avec rien dans les poches, pour que son frère l'écrase encore avec sa réussite. Lui non plus n'était pas un raté ! Non seulement il ne rentrerait pas les mains vides, mais en plus, il se la coulerait douce jusqu'à la fin de ses jours grâce à sa pension d'invalidité, bien méritée.

Ça a fait un grand bordel dans la baraque, Maman n'était pas d'accord. Ça a gueulé de tous les côtés.

Elle voulait garder un peu de sous pour nous, arranger un peu la maison. Acheter ces lits en fer forgé doré qu'elle avait vus dans la vitrine de chez Detemple, le magasin de meubles à côté du Leclerc. Elle voulait arranger la chambre du fond pour qu'on ait notre chambre, ma petite sœur et moi. On grandissait et ce n'était pas bien, quand même, de laisser les quatre gosses dormir dans le même lit.

C'est toujours mieux chez les autres

La chambre du fond avait toujours été une zone impraticable. Un foutoir innommable dans lequel s'entassaient les guenilles, le linge sale et des tas de vieilleries qu'on gardait « au cas où ». Cela ne nous choquait pas ; c'était le même bordel chez quasiment tous les locataires de l'entrée A de l'immeuble.

Chez l'Italienne du dessus, la chambre du fond servait exclusivement à son mari. Une belle saloperie, celui-là aussi. Court sur pattes, maigrichon, les cheveux gominés coiffés en brosse, il passait son temps à chasser et à culbuter tout ce qu'il pouvait. Ma mère disait qu'il ressemblait à un crocodile, des petites pattes et une grande gueule. Moi, je trouvais qu'il ressemblait quand même plus à Dick Rivers.

Pour le coup, le crocodile s'était mis à la cueillette.

Comme il travaillait à dose homéopathique et qu'il était persuadé d'avoir un destin de grand chef d'entreprise, il était toujours prêt à dégainer un de ses grands projets bien foireux. Sa dernière lubie devait lui faire gagner beaucoup d'argent. L'élevage d'escargots. Il était tout excité, passait son temps à calculer les bénéfices qu'allait lui rapporter la vente de ses gastéropodes et en rebattait les oreilles de ceux qui avaient le malheur de croiser sa route. Il en avait ramassé des centaines qu'il avait enfermés dans le vieux vaisselier en chêne, tout branlant, qui occupait presque la totalité du grand mur de la chambre du fond de leur appartement. En bon papa escargot, il avait pris soin de remplacer le placage des portes par du grillage pour laisser respirer ses bébés. Comme il n'était bon à rien, son bricolage n'a pas tenu longtemps face à l'assaut visqueux. Il y en avait partout, baveux et gluants, rampant sur le meuble en chêne, sur les murs, sur le plafond. Personne n'avait le droit d'entrer dans sa pouponnière, qu'il gardait fermée et plongée dans le noir. Il faut dire qu'il y remisait aussi quelques meubles, et une ou deux cantines en fer dans lesquelles il planquait ses magazines pornos. Pour nous, cette chambre du fond était sensationnelle. Bien mieux que le train fantôme de la fête foraine. Rentrer dans cette pièce obscure, entendre le bruit des bestioles grouiller autour de nous, craindre de sentir les petites ventouses monter le long de nos jambes, risquer de trébucher et de s'écraser la figure sur un tas de limaces, les imaginer tomber du plafond et ramper sur nos crânes, ça, c'était du grand frisson. Quand on n'en pouvait plus de trouille et du trop-plein d'émotions, on se bousculait pour atteindre la fenêtre et ouvrir les volets. C'était l'apothéose. La lumière crue pénétrait dans la pièce et nous éblouissait comme un flash en pleine figure. Tout était laid, dégoûtant et magnifique.

Alors, pour conjurer la peur et reprendre le contrôle, on ramassait les plus gros escargots et on les balançait du quatrième étage, en prenant soin de viser le jardin des ritals d'en face qui nous narguait derrière sa rangée de thuyas, avec son cerisier en fleur et ses plants de haricots qui grimpaient jusqu'au ciel.

Notre chambre du fond à nous, ma mère voulait la peindre couleur parme et y mettre deux lits dorés pour ses filles.

Elle en avait marre du bordel et elle s'était donné assez de mal pour faire rentrer des sous. Pas question de regarder mon père remplir ses valises sans moufter. Elle a sorti les griffes et, quand mon père l'a menacée de la foutre par la fenêtre, elle n'est pas descendue se planquer dans le local à poubelles de l'immeuble. Non, cette fois, elle n'a pas eu peur. Elle lui a dit qu'il pouvait toujours essayer, mais qu'elle s'accrocherait si fort à lui qu'il tomberait avec elle. De toute façon, elle n'y avait jamais vraiment cru, à son histoire de fenêtre, ou alors seulement au tout début.

Avec le temps, elle s'était rendu compte que c'était un pétochard, juste bon à tyranniser sa femme et ses enfants. Mais cela ne l'empêchait pas de planquer les couteaux dans le tiroir de la cuisinière quand il était bourré comme un coing. Il aurait pu lui mettre un mauvais coup, ça, oui. Elle restait sur ses gardes car, depuis qu'il ne travaillait plus, la situation n'avait fait qu'empirer.

Avant, c'était réglé comme du papier à musique.

Le samedi matin, il faisait son tiercé, partait au PMU et, ensuite, il se laissait couler tranquille jusqu'au soir. Pour nous, le samedi, c'était tous aux abris. Barouf garanti. On finissait la nuit dans les lits des gamins de la voisine. Ça crée des liens, la détresse, d'autant que, la voisine du dessous avait le même à la maison. Quand c'était son vieux qui vrillait, c'est ses mômes qui se glissaient dans nos lits. Les choses se compliquaient quand c'était ramdam à tous les étages. Là, on était bien emmerdés, on ne savait pas où aller dormir. Et pas question d'aller dormir chez le crocodile avec les escargots.

Les HLM c'est comme le microbiote intestinal, à force de vivre ensemble on finit par se ressembler. Chez les voisins du dessous, on avait de bons produits aussi, cuisinés à la sauce andalouse. Renata, la mère, en était à son troisième mari. Je ne suis pas certaine qu'elle se soit mariée chaque fois. Mais vu son tempérament et la tête de ses mômes, elle avait été largement moins conne que Maman et avait su varier les plaisirs. Renata n'était pas du genre à renoncer à quelques petites douceurs pour égayer son quotidien.

Résultat des courses, elle collectionnait une petite dizaine de minots qui, comme nous, avaient plein de noms différents. Les premiers, elle les avait faits avec un Arabe, les derniers avec un pied-noir et ceux du milieu avec un Italien. Devant cette palanquée de rejetons qui en disait long sur l'ouverture d'esprit de sa douce, le pied-noir nourrissait quelques rancœurs. Lui aussi avait du chagrin à noyer.

Quand c'était la pagaille chez eux, on savait d'avance qu'il allait se passer un truc extraordinaire. C'était bien mieux qu'à la télé.

La concurrence était rude pour Guy Lux et les Carpentier. Nos samedis soir étaient bien plus funky que leurs émissions de variétés. Notre cage d'escalier aurait fait péter l'audimat. Pour nous donner le grand frisson, il nous fallait autre chose que Sardou ou Stone et Charden. Quand on grandit avec Renata et sa bande, même la Carmen de Bizet peut remballer ses nibards et retourner dans sa manufacture pour rouler ses cigares.

Chez Renata, ça commençait en douceur, toujours en mode festif. Les novices pouvaient s'y laisser prendre. Nous, on se laissait plus berner.

Une bouteille, deux bouteilles, trois bouteilles.

Le *paseo* pouvait commencer.

Une pique, deux piques, et hop, une estocade.

Son mari entamait piano-piano en la traitant de pute, par-ci, par-là. La tension montait progressivement.

Elle restait impassible, Renata ; elle continuait à s'affairer entre la cuisine et la salle à manger.

Chaque fois qu'elle apparaissait devant lui, il recommençait. Plus insistant. Le champ sémantique du monsieur s'élargissait un peu. Elle devenait pouffiasse, ou carrément salope. Il n'avait pas, non plus, un vocabulaire hyper riche.

Renata connaissait la chanson.

Il se mettait à parler de lui, de la vie qu'il endurait avec elle et toute sa marmaille bariolée. Rien qu'à évoquer l'immensité de cette décrépitude, les larmes lui montaient aux yeux. Que de sacrifices pour cette ingrate, cette veuve noire qui coupait les couilles à tous ceux qui avaient le malheur de se glisser dans son lit. Mais avec lui, elle était tombée sur un os. Lui, il ne se laisserait pas faire. Ah non ! Ce n'était pas un raton. Ses couilles à lui, elles étaient bien accrochées. Qu'elle essaye seulement ! Qu'elle essaye, hein ! Il lui parlerait du pays, elle allait comprendre ce que c'était, un homme.

Renata l'écoutait d'une oreille. Les états d'âme de son type ne l'avaient jamais trop encombrée. Elle s'en foutait bien, des couilles des uns et des autres. Elle en avait vu défiler quelques paires, c'est vrai. Les hommes, pas un pour rattraper l'autre. Une fois qu'ils avaient fait leur petite affaire, ils étaient tous bon à jeter aux chiens.

Vraiment, elle avait d'autres trucs à penser, Renata.

Il la cherchait du regard.

Elle lui filait toujours entre les pattes.

Alors, il mettait le paquet : « T'es qu'une pouffiasse. Avec tes jupes ras la moule, on voit ton cul. Vas-y, montre ton cul à tout le monde. De toute façon, ils l'ont tous vu, ton cul, hein ? T'es bonne qu'à te faire baiser par tous ces bougnoules. Et moi, hein ? Tu me prends pour un con. C'est ça, tu me prends pour un con. Je suis bon qu'à nourrir tes gosses, hein. Il dort tranquille, le bougnoule, ce feignant. Tu lui casses pas les bonbons à lui, il a de la chance. Le con, il est là pour travailler comme un chien pendant que Monsieur, il va faire son tiercé tous les matins. Tu crois quoi ? Je le sais bien, que tout le monde parle sur mon dos. Tu me prends pour un con, hein ? Oui, oui, tu me prends pour un con. Mais écoute-moi bien… J'vais pas me laisser enculer comme ça par ce fils de pute. Un jour, tu vas voir, je vais monter là-bas et je vais le saigner, ton bougnoule, et toi avec. Sur la tête de mes gosses. Tu vas voir. Tu vas voir si je suis un *cornudo*, moi, et t'as intérêt à te tenir à carreau. »

Toujours le même refrain.

Renata ne laissait rien paraître. Elle avait l'habitude, mais quand même. Son ventre commençait à lui faire un peu mal.

C'était plus fort que lui. Comme un truc qui le dégoûtait profondément chez elle, un truc qu'il n'arrivait pas à avaler. Les amants, c'était un prétexte. Elle n'était pas si pute que ça, dans le fond. Non, ce qui ne passait pas, c'était l'autre. Celui d'avant. Pas l'Italien. L'Arabe. On en revenait toujours au même truc, hein ? Toujours la même rengaine. Ce n'était pas simple, pour le pied-noir, de se glisser dans le lit du petit-gris. Chacun son karma. Pour mon père, c'était le Juif, pour le mari de Renata c'était l'Arabe. À qui le tour ?

Ben là, justement, c'était le tour des enfants. Et les enfants, il ne fallait pas y toucher. Non pas que Renata ait été une mère possessive hyper attentive. Elle s'en fichait de les envoyer à l'école ; certains ne savaient ni lire, ni écrire. Elle pouvait les laisser seuls sur des périodes plus ou moins longues, ou ne pas faire à manger de la journée. Elle n'était pas très regardante sur l'éducation des enfants, Renata, mais fallait pas traiter ses fils de bâtards. C'était pavlovien. Elle pouvait entendre pas mal de saloperies, mais le mot « bâtard », c'était son top départ. Son moment Potemkine !

Elle reprenait tout le bordel en main : la *muleta*, les banderilles, l'épée et tout le toutim.

La mise à mort, c'était pour elle. Il ne buterait personne, l'abruti.

Elle l'avait laissé déblatérer ses conneries. Il était grand temps de lui couper les deux oreilles et ses putains de couilles.

Perchée sur ses talons compensés, elle s'avançait de l'autre côté de la table. Elle se penchait vers lui, la main gauche appuyée sur le dos de la chaise. Cabrée comme un taureau prêt à donner la charge, son cul immense pointait vers le ciel tandis que ses gros seins effleuraient la toile cirée. Tendue comme un arc, elle plantait ses yeux dans les siens, faisait remonter sa main droite à hauteur de son nez et faisait tournoyer ses doigts comme le font les danseuses de flamenco. Elle prenait une longue inspiration et, impassible, la diabolique se mettait à lui réciter les exploits merveilleux de ses amants basanés.

Aura-t-on droit à un crime passionnel, ce soir ?

Du sang partout sur la nappe en plastique ?

Des petits bouts de Renata éparpillés sur les chaises en formica ?

Rien du tout.

Le cocu était méprisable, et des couilles, il en avait pas.

Les fils du bougnoule l'auraient coupé en morceaux s'il avait touché un cheveu de leur mère.

Alors, pour ne pas rester sur une telle débandade, dépité, il se contentait de jeter par la fenêtre tout ce qu'il avait sous la main.

Un soir, c'est une bouteille de gaz qu'il a fait valser dix mètres plus bas.

Manque de bol, le petit couple propret qui venait d'emménager au troisième étage avait garé sa voiture juste en dessous de leur fenêtre.

Le toit de la Simca 1000 n'a pas aimé. Les jeunes propriétaires non plus. Ils ont eu vite fait de remballer leurs cartons.

À chacun son écosystème.

La vie était moins triste avec Renata et son *cornudo.*

Ils avaient toujours un coup d'avance sur nous.

Le père, qui ne finissait jamais rien, avait décidé d'installer des radiateurs dans chacune des pièces de l'appartement. Il avait fait le même coup avec la salle de bains. Une magnifique baignoire trônait, depuis plus d'un an, au milieu du salon. Et les tuyaux gisaient, béants, au milieu de la salle de bains.

Ce soir-là, alors qu'il faisait très froid, Renata a commencé à lui souffler dans les bronches rapport au fait que, maintenant, ils n'avaient ni poêle à mazout, ni radiateur, et que c'était un pauvre type, un bon à rien, un incapable qui n'avait aucune parole et sur lequel elle ne pouvait décidément pas compter. Impossible pour lui de brancher les radiateurs en deux-deux ; il a donc décidé de régler le problème à sa manière. Après tout, il était chauffagiste, non ? Elle allait voir s'il n'était pas capable de réchauffer les petits petons de ses enfants. J'étais chez eux ce soir-là et je le regardais faire, émerveillée. Moi, je ne le trouvais pas si minable que ça, comparé à mon père.

Il a pris les choses en main. Pour commencer, tous les gosses devaient dormir dans le même lit pour se tenir chaud. Ça partait de là. Normal.

Quand ils furent bien calés sous les couvertures, il a commencé son installation et a glissé un bâton au fond de leur lit pour maintenir les couvertures en hauteur. Ensuite, il est venu déposer un sèche-cheveux en marche au fond du lit. De l'air délicieusement chaud venait leur caresser les pieds et les jambes. Franchement, qui, autour de moi, était capable d'inventer un truc pareil ?

Personne, et surtout pas mon père.

J'étais excitée comme une puce. Il n'était pas très tard, et j'espérais bien me glisser dans le lit avec eux. Ça n'aurait pas été la première fois. Ils avaient l'air tellement bien, dans leur lit chauffant. Mais que dalle. Ils m'ont foutue dehors.

Je suis remontée chez moi si dépitée que je n'en ai même pas parlé à ma mère. Je me suis endormie pleine de ce sentiment d'injustice qui fait venir les larmes aux yeux quand on est enfant.

En pleine nuit, nous avons été réveillés par des cris terrifiants. Au feu ! Au feu ! Au feu !

Maman nous a fait descendre dehors illico, il faisait froid.

La fumée sortait de l'appartement de Renata. De la chambre des enfants. Dans la nuit, le bâton qui maintenait le drap en hauteur est tombé. Le sèche-cheveux a surchauffé et un court-circuit a mis le feu aux couvertures et au matelas.

Ils ont tous failli cramer comme des saucisses dans leur lit, et nous avec.

Renata nous a rejoints avec ses gosses. Elle ne tarissait pas d'insultes pour l'homme de sa vie.

Le père a ouvert la fenêtre de la chambre et, fidèle à lui-même, a jeté le matelas en flammes du premier étage.

La comète a atterri à nos pieds.

On est restés quelques minutes autour du feu improvisé à se dire que, quand même, on avait eu de la chance, et qu'on avait bien manqué y passer avec les conneries du cocu.

Les enfants de Renata sont venus dormir chez nous.

C'était bien, j'avais moins froid aux pieds. La vie n'était pas si injuste, tout compte fait.

C'était comme ça jusqu'à mes dix ans, je crois, mais un jour, ils nous ont lâchés. Ils ont quitté la grisaille pour s'installer dans le sud de la France.

Il paraît que la misère est moins pénible au soleil.

Aux dernières nouvelles, le soleil n'a pas suffi.

Février

Je me suis installée dans la chambre de Lola.

Je suis celle qui casse, qui détricote, qui met des pierres dans le ventre des enfants. Celle qui a prononcé la sentence.

Son chagrin ne me touche pas, ses regards non plus. Je n'ai plus envie de sa bouche. Je n'ai plus besoin de ses mains. Rien. Il m'est devenu étranger.

Je ne lui veux pas de mal. Je n'ai pas de colère. Il ne m'importe plus.

Je suis la Grande Faucheuse, et lui, la victime. Je n'ai pas peur. Quand ma mère me faisait les cartes, chaque fois que l'arcane sans nom apparaissait dans mon jeu, j'étais inquiète. La Mort était représentée sous la forme d'un grand squelette occupé à faucher un parterre de têtes et de membres humains. Maman me rassurait : « Tu sais, la carte de la Mort, ce n'est pas vraiment la mort, c'est aussi la fin de quelque chose. Un passage, une transformation, et cela présage aussi d'un renouveau. »

Nous étions à quelques mois de notre mariage quand j'ai demandé à Maman de me faire son petit numéro de sorcière. On s'est assises à la table de sa salle à manger. Moi, toujours à sa droite. Le rituel était immuable. La boîte en fer. Les jeux de cartes. D'abord, le petit tour d'horizon, avec les cartes bleues un peu moches. Le premier tour était parfait. Elle m'a dit que j'avais rencontré quelqu'un. Merci, Maman, ça je le savais déjà. Que j'étais très amoureuse, et lui aussi. Super, merci de me le confirmer. Qu'on allait se marier. Oui, c'est prévu. Au cas où tu l'aurais oublié, les bans ont été publiés, Maman, on se marie cet été, tu te souviens ? Elle planait totalement. Cela ne m'étonnait pas plus que ça. Elle pouvait être assez indifférente à ce qui se passait dans nos vies, surtout quand il s'agissait de mariage ou de trucs comme ça. Vraiment pas du genre à venir choisir la robe de mariée avec ses filles. Limite à s'en foutre. Mais là, je sentais qu'elle n'était pas très à l'aise. Elle ne me disait que des banalités. Elle n'était pas du genre à parler pour ne rien dire. À bout d'argument, elle m'a sorti :

— Tes cartes sont bonnes. C'est pas la peine d'insister. Faut pas insister, quand on a un jeu comme ça.

— Ah bon, mais quand même… Là, tu ne m'as pas dit grand-chose. Tu veux pas me faire les Belline ?

Elle freinait des quatre fers. Ce n'était pas son habitude. Et puis, je ne lui demandais pas de me faire les cartes tous les deux jours, non plus. Elle a rangé le premier jeu et, devant ma mine déconfite, s'est emparée du jeu au dos bleu étoilé. J'ai mélangé. Coupé de la main gauche. Fait trois tas devant moi. Je voulais qu'elle me raconte encore et encore comment ma vie serait belle avec ce nouveau mari. J'ai été servie. Le deuxième jeu était autrement plus bavard. Rien à voir avec les niaiseries de la mise en bouche. Ça s'est corsé pour les tourtereaux. Fini les cœurs, les colombes et les amoureux enlacés. Je les connaissais bien, ces cartes. Elle n'avait même pas besoin de me dire. La tour ébranlée. L'homme à l'envers, la pyramide à l'envers. Tout était à l'envers. Comme moi. Ébranlée. J'ai encaissé. Je lui ai demandé de continuer et elle m'a résumé, en quelques mots, ce que serait mon karma pour les quinze années à venir. C'est vrai qu'il n'y avait pas de quoi en faire des caisses. Elle avait mille fois raison. Quand on a un jeu comme ça, faudrait pas insister. Mais là, je ne pouvais pas le voir. Je ne voulais pas la croire. Elle était mauvaise. Elle me voulait du mal. J'aimais, et les larmes glissaient sur mes joues.

Sa logorrhée terminée, elle m'a demandé de choisir encore neuf cartes. Autant que de lettres dans mon prénom.

Je les ai choisies avec une extrême attention. Ces neuf cartes pouvaient tout changer. Dire que rien de tout cela ne durerait. Qu'on aurait un passage difficile. Qu'il faudrait attendre un peu avant que mon amoureux trouve une bonne situation, mais qu'ensuite, tout irait bien. Elles pouvaient lui clouer le bec, à Maman. Lui faire comprendre qu'elle avait tort de juger les gens trop vite, à faire leur portrait à grands coups de serpe, comme ça. Des fois, elle avait besoin qu'on la remette un peu à sa place. Elle a retourné les cartes une à une. Son visage s'est éclairé. Elle semblait soulagée. Elle a posé sa main sur mon avant-bras et elle m'a dit :

— Ne pleure pas, ma chérie. Regarde ! Il y en a un autre. C'est pas le dernier.

J'étais sidérée.

— Comment ça, c'est pas le dernier ?

— Non, je vois un autre homme. Un troisième. Et lui, il sera bien pour toi, ce sera le bon.

— Mais quoi, le bon ? Ça veut dire quoi, le bon ?

Je la revois encore, avec sa petite moue pincée. Elle faisait toujours ça quand elle disait des trucs pas très gentils mais qu'il fallait dire quand même. Elle ne voulait pas me sabrer, avec son troisième homme. Elle était certaine que ça me consolerait. Décidément, elle ne comprenait rien. Ça me faisait mal. Je la trouvais méchante et cruelle. Elle venait de me mettre un gros coup de poing dans le cœur, et franchement, cela n'avait pas l'air de l'affecter plus que ça.

J'avais bien compris qu'elle ne l'aimait pas vraiment. Pour qui se prenait-il, l'éternel étudiant ? Avec ses manières et ses petites phrases. On ne la lui faisait pas, à elle. Elle n'était pas du genre à faire des salamalecs aux intellos condescendants. Au contraire, si elle pouvait leur envoyer une ou deux vérités, comme ça, l'air de rien, c'était aussi bien. De toute façon, elle disait qu'elle était trop vieille pour s'emmerder avec les cons. Elle s'en fichait de nous faire honte. Zéro filtre. Quand on l'emmenait faire ses courses au Leclerc, elle s'en amusait. Le point d'orgue, c'était le passage en caisse, quand elle disait bonjour à la caissière et que la fille, la tête dans son scanner, ne lui répondait pas. Méchante, elle lui envoyait un : « Eh ben, ma belle, ni bonjour, ni veux-tu baiser mon cul ! » Une vraie peau de vache. Elle ressemblait de plus en plus à Tatie Danielle. Je me serais bien planquée sous le pack d'eau pétillante dans le caddie, mais j'avoue qu'elle me faisait toujours marrer, comme quand j'étais petite avec sa chanson de Dutronc. En sortant, j'essayais de lui dire qu'elle y avait été un peu fort avec la pauvre caissière qui passait sa journée à faire défiler ses codes-barres sous un laser, mais elle n'avait aucune repentance, elle se mettait à rigoler et elle me répondait : « Que les morveux se mouchent ! »

Alors là, fallait pas lui demander de faire preuve de mansuétude. Je devais me moucher et mon futur mari aussi. Qu'est-ce qu'elle en avait à foutre, de ses années d'études et de sa culture ? Pour le moment, c'était sa fille qui faisait bouillir la marmite. Et, au regard de ce qu'elle venait de voir dans mes cartes, cela allait durer longtemps. Elle n'aimait pas ça du tout, Maman, et si un grand coup de poing dans mon cœur pouvait m'éviter de refaire les mêmes conneries, elle n'allait pas se gêner. Ce troisième, c'était l'espoir. La preuve de mon sursaut. Cette histoire aurait une fin, et c'était plutôt une bonne nouvelle. Pour elle.

Je sanglotais comme une gamine. Pour moi, ce mariage, c'était pour la vie. Pourquoi venait-elle tout casser avec son troisième mari ? Elle ne s'attendait pas à ma réaction. Elle avait cru qu'en me débarrassant du père de Lola, j'avais aussi dézingué le prince charmant. Que j'en avais fini avec ces croyances serviles. Mais non. Je n'en étais pas encore là. Elle le voyait bien, que j'étais repartie pour un tour.

— Non, je dis pas que ce n'est pas le bon, je dis que ce n'est pas le dernier. Il sera peut-être bon pour toi pendant un moment. Tu sais, tu es jeune. La vie, c'est comme des cercles. Pendant un temps, on évolue dans un cercle avec des personnes. On se nourrit. On échange. Et puis, un jour, ça s'arrête. On a besoin d'autre chose.

— C'est bon, Maman, ça va. C'est quoi, ton baratin ? Tes histoires de cercles ? Ou il est bon, ou il est pas bon. C'est simple. Dis ce que tu as à dire maintenant. Il va me tromper, lui aussi ?

— Non, je ne vois pas d'autres femmes.

— Ben alors ?

— Je ne sais pas. Je vois juste qu'à un moment, tu ne seras plus très heureuse avec lui. Regarde, tu le vois bien. La maison dans la tristesse. Tu connais les cartes. Je ne vais pas te mentir. Il a quand même un drôle de caractère, et toi, tu n'es pas prête d'arrêter de travailler. C'est pas pour te faire de la peine, tu sais bien. Je sais bien que tu vas te marier. Mais toi, aussi, tu me demandes de te faire les cartes, je te fais les cartes.

— Oui mais là, ton histoire avec un troisième, juste avant mon mariage, c'est raide. C'est pas exactement comme ça que je voyais les choses.

— Qu'est-ce que tu veux que je te dise ? C'est comme ça. Je vois un troisième, je vois un troisième. C'est pas moi qui décide. C'est tes cartes. Peut-être qu'il sera pas meilleur que les autres. Quand je dis le bon, c'est une façon de parler. Mais c'est comme si c'était celui avec qui tu seras vraiment bien. C'est ce qui sort dans ton jeu. Il est là, c'est tout.

Je commençais à mordre à l'hameçon.

— Et il est comment, ce troisième mari ? C'est dans combien de temps ?

— Ça, je ne peux pas te dire, c'est difficile. Ça peut être dans cinq ans, dix ans ou plus. J'en sais rien. Je vois juste qu'il a un métier particulier. Il travaille avec un truc autour du cou.

— Ah bon ? Un truc autour du cou ? Qu'est-ce que c'est ? Un stéthoscope ? Il est médecin ?

— J'en sais rien, je vois pas plus, ma chérie, tout ce que je sais, c'est que ce n'est pas la dernière fois que tu te maries.

Voilà comment ma mère m'a annoncé la fin de mon mariage avant même que je sois passée devant Monsieur le maire.

C'est comme ça, les sorcières. Elles sèment. Elles préparent. Elles infusent. Elles balancent des trucs, l'air de rien. Pour nous garder éveillées.

La fois d'avant, c'était pareil. Avec le père de Lola. Elle ne m'avait pas ménagée non plus. Cela ne m'avait pas empêchée d'y aller. De vivre le truc jusqu'au bout.

Et puis, un jour, basta. Je suis devenue celle qui bousille tout.

Peu importaient les raisons qui m'avaient poussée à le faire. Ça comptait pour du beurre. Le type m'aimait, à sa façon, mais il m'aimait. C'est toujours un peu pareil. Pour certains, j'aurais dû m'en contenter : « Quand même, quel gâchis, tu as de la chance, tu sais ? Regarde comme il est malheureux. Quand on est aimée comme ça, il faut savoir pardonner. Tu te rends compte de la vie que tu as ? Tu ne manques de rien. N'oublie pas d'où tu sors, hein ! Ça t'a retourné le cerveau, tous ces voyages aux États-Unis et en Afrique. Quand même, c'est grâce à lui. Qu'est-ce que tu vas devenir ? T'as pensé à ça ? »

À les écouter, j'aurais dû accepter. Sauver les apparences et l'équilibre familial. Préserver l'écosystème de ce type qui me servait de mari. Mais pas pour ma mère.

Oui, j'avais pensé à ça. Mille fois. Et, pour être totalement honnête, je ne le quittais pas pour ce qu'il était devenu, je le quittais pour celle que j'étais devenue. Je ne découvrais rien. Il en était allé ainsi depuis le début de notre histoire. Il y avait toujours eu d'autres filles, d'autres femmes, d'autres histoires. En France, aux États-Unis, en Afrique. Partout. Chaque fois, je savais. Quand ça me pétait à la figure, je le menaçais de partir. Il niait en bloc et me jurait que tout était faux, que les gens étaient jaloux parce que j'étais magnifique et beaucoup plus jeune que lui. Il me flattait, me suppliait, m'envoyait des fleurs. Je me croyais forte, une princesse, un morceau de sucre, blablabla. Je testais mon petit pouvoir sur lui. Je faisais semblant de le croire. Il savait qu'il n'en était rien. Un jeu de dupes. On baisait, mal, on rembobinait et c'était reparti pour un tour. Chaque fois, j'expérimentais de nouveaux trucs. J'apprenais, je découvrais mon corps. Au début, c'était par amour et par peur de le perdre. Ensuite, c'est devenu moins reluisant, plus stratégique.

Ses coups de canif dans le contrat, c'était son expression, me permettaient de rééquilibrer le rapport de forces. De créer la dette. Une dette morale qui, le jour venu, me donnerait toute légitimité pour le quitter. Et ce jour est arrivé.

Je n'avais plus quinze, dix-huit ou vingt ans, j'en avais vingt-six. Lola en avait trois. Cela faisait déjà presque dix ans que j'avais quitté la maison pour le retrouver de l'autre côté de l'Atlantique. Dix années de voyages, d'expérimentations, d'apprentissage.

Mon grand frère dit que c'est pour ça que je suis restée si longtemps. Que j'y trouvais mon compte. Il a sûrement raison. Après le Texas, il avait été muté en Afrique de l'Ouest, puis de l'autre côté, à l'Est. Et puis, ensuite, encore plus au sud, sur une petite île de l'océan Indien. L'île aux mille parfums. C'est dans ce petit paradis que l'histoire a pris fin. Peut-être trop de contraste entre la beauté du dehors et la crasse qui s'entassait sous le tapis de notre maison. Elle était pourtant belle, notre maison. Immense, avec un patio intérieur et des fruits de la passion qui grimpaient le long des terrasses. Elle sentait bon, d'un côté, les champs d'ylang-ylang, de l'autre, les entrepôts de vanille. Une carte postale. L'endroit rêvé pour vivre heureux et faire des bébés. Le décor était sublime, mais les acteurs de la comédie romantique étaient usés. Lui. Moi. Et des expatriés qui tournaient en rond sur ce bout de terre de 30 km^2. Un microcosme tout blanc qui se consume dans des villas climatisées. Le bruit des groupes électrogènes. Le cliquetis des glaçons dans les whisky-coca. La vie au ralenti. La routine des jours qui s'arrêtent à 18 heures et des nuits trop longues qu'on ne parvient plus à remplir. L'ennui. Rien ne passait inaperçu sur cette île-confetti. Encore moins un type de quarante-trois ans avec une femme bien plus jeune que lui. Quand même, il ne s'emmerdait pas, le gars. Fallait pas pousser. Si j'avais été noire, personne n'aurait rien eu à redire. Que les expats se tapent des gamines, cela n'indignait pas grand monde. Elles étaient si tentantes, avec leurs tétons tendus vers le ciel et leurs jolies fesses bien fermes et haut perchées. Mais moi, ce n'était pas pareil, j'étais blanche. D'accord, un peu typée, mais tout de même, ce n'était pas moral. Ça excitait les hommes, et ça énervait beaucoup leurs femmes. Ce n'était pas facile pour elles. Elles avaient déjà suffisamment de mal à gérer le circuit court et la production locale, pas question de se retrouver en compétition avec de la viande fraîche « made in France ». J'étais une anomalie. Un petit caillou dans les sandales de ces dames qui rêvaient d'atomiseurs et de formes oblongues, comme dans la chanson de Bashung. Il fallait bien trouver une raison à cette incongruité. Construire un récit. On ne pouvait pas être là par hasard, et comme le conseiller culturel arrivait du même endroit que nous, c'était limpide. J'étais sa maîtresse. Le diplomate avait nommé mon mari à ce poste pour m'avoir sous la main. En fait, j'étais sa poule. Sa cocotte. Et mon mari se servait de mon joli petit cul pour gérer son plan de carrière. Le trio infernal. J'aurais pu ne pas y prêter attention, m'en amuser, mais je ne trouvais pas ça drôle. Leurs histoires de coucheries me donnaient la nausée. J'arrivais à saturation. D'autant que mon cher mari n'était pas du genre à cultiver son jardin. Il avait bien intégré les avantages en nature que lui conférait son poste de coopérant. C'était un chasseur. Pendant que je faisais fantasmer de vieux boucs rougis par le soleil et les apéros à rallonge, il castait les nounous de notre fille pour les sauter. Pour lui, j'avais atteint la date de péremption depuis un bon moment. Et moi, j'avais atteint mon seuil de tolérance.

Très vite, il s'est fait remarquer dans ses virées solitaires. D'abord, quelques allusions de la part de ses collègues de travail :

— Il n'est pas là ?

— Non, il est au boulot.

— Ah ouais ? Bizarre, on a fini à midi aujourd'hui. Je l'ai croisé au carrefour à l'instant, je pensais qu'il rentrait. C'est pour ça que j'ai fait demi-tour, je me suis dit que je pouvais passer pour l'apéro.

— Ce n'est pas grave. Viens, entre, on va prendre l'apéro, ça va le faire arriver.

Et il n'arrivait pas, ou alors, beaucoup plus tard.

Il ne travaillait pas beaucoup et passait ses journées dans son 4 × 4 ou sur sa moto, à arpenter les quartiers de la ville. Les informations m'arrivaient par vagues. Les amies qui s'inquiétaient pour moi. Mon ami médecin qui me répétait trois fois, dans une même conversation, le nom des antibiotiques à « large spectre » qu'il prescrivait à ces idiots de toubabs qui arrivaient, dans son cabinet, avec la bite en feu. C'était sa manière à lui de me mettre en garde. De me protéger. J'étais jeune mais pas totalement stupide. Je n'avais pas besoin de chercher beaucoup pour retrouver l'antibiotique en question, planqué au fond d'un des tiroirs de la salle de bains. On était en 1992, le sida faisait des ravages. J'avais une petite fille. J'en avais fini avec mes stratégies de geisha à deux balles. J'avais grandi. Je n'avais plus besoin de lui. Je le trouvais obscène et répugnant. Je l'ai laissé faire. Je lui ai foutu la paix. Je me suis dissociée. Cela n'a pas été difficile. Le processus était enclenché depuis longtemps. C'était dans les cartes de ma mère depuis le début. C'était écrit.

Le gros Léon

Depuis que mon père ne travaillait plus, cela pouvait tomber n'importe quel jour de la semaine. Je rentrais du collège avec la peur de le retrouver assis au bout de la table, son verre et sa bouteille devant lui, les traits du visage tendus par le fiel et l'alcool.

De plus en plus souvent, il nous ramenait un de ses copains d'exil pour finir la soirée. Quelle que soit l'heure, Maman devait leur faire à manger. Elle se planquait dans sa cuisine. Ils parlaient fort, principalement en kabyle, et ressassaient de vieilles histoires pleines de rancœur et de frustration qui lui faisaient monter le sang dans les yeux.

Les jours de tiercé, il regardait les courses à la télévision. C'était la grand-messe. Toute la maison était suspendue aux lèvres du gros Zitrone. Lui seul avait le pouvoir de changer nos vies. 5-15-18, trois numéros qu'il ne tenait qu'à lui de prononcer pour briser nos chaînes. Allez, zou, Léon, trois petits numéros de rien du tout, une formule magique, un sésame pour lui ouvrir en grand les portes d'Alger la Blanche. À lui les rêves de grandeur, la belle voiture qu'il aurait pu charger jusqu'à la garde avec, sur la galerie, une pyramide de cafetières, de matelas et autres ustensiles indispensables, avant de prendre le bateau à Marseille. Ce n'était pas compliqué, Léon. Mais tu n'en avais rien à faire de nous. Cela vous était bien égal, à toi et à toutes ces dindes chapeautées pour le Grand Prix d'Amérique, de frustrer cette espèce d'abruti et de nous laisser nous débrouiller seuls, avec sa rage et son dépit.

Il faut que je te dise, Léon, que tu t'en prenais quand même plein la poire, parce que chaque fois que tu lui faisais ton petit coup d'enfoiré, il se levait de sa chaise, furieux, et il te crachait à la figure. Bon, d'accord, c'est surtout le téléviseur qui prenait, mais tu avais quand même droit à une bonne rasade de « *Nardin' oumouk* » et de « *Nardin' bebek halouf* », et vraiment, c'était bien mérité.

Ces soirs-là, c'était chaud.

On dormait ensemble, histoire de se donner du courage, et ça arrivait fréquemment. On se serrait. On était quatre, les plus grands à chaque extrémité du lit, les petits au milieu.

On ne parlait pas. Pour tenter de s'endormir avec cette électricité dans l'air, on se chatouillait le dos. Chacun son tour, une fois d'un côté, une fois de l'autre. Ceux du milieu, les petits, étaient toujours chatouillés, nous, les plus grands, une fois sur deux.

C'était notre manière à nous de se raconter des histoires, on se faisait des dessins dans le dos. En silence, pour ne pas attirer l'attention. La moindre étincelle pouvait tout faire exploser.

Et ça explosait.

Il surgissait dans notre chambre et nous menaçait avec sa ceinture. Il pouvait nous mettre deux ou trois coups sur les jambes, s'il nous trouvait trop endormis ou pas assez. Des fois, il menaçait de nous tuer tous puis lui après. Ou alors, il venait chercher ma petite sœur, sa « *mizouzou* », et il lui disait « *atini boussa* » pour qu'elle l'embrasse sur la joue.

C'était dégoûtant.

Moi, il ne risquait pas de me demander un *boussa*.

Depuis peu, j'étais devenue « la fille du sale Juif ». C'est comme ça qu'il disait.

C'est bien connu, les Juifs ont du pognon, et je devais me débrouiller pour aller lui demander de l'argent.

Depuis longtemps, le premier mari de ma mère vivait en Allemagne, juste de l'autre côté de la frontière. Mon père avait appris qu'il avait reçu un petit pécule de l'État allemand, une espèce d'indemnité compensatoire, un dédommagement symbolique, histoire de s'excuser d'avoir dézingué sa famille à Auschwitz.

Ce n'était pas énorme, mais comme il n'avait jamais été du genre à thésauriser, il en avait redistribué un peu à ses enfants. Lui aussi avait des trucs à se faire pardonner.

Après tout, je portais le nom du Juif, et mon père, le génétique, le Kabyle, avait décidé qu'il était temps de le faire passer à la caisse. C'est lui qui avait payé pour moi, c'est lui qui m'avait élevée. Maintenant, le Juif devait rembourser. Je devais rembourser.

Rembourser quoi ?

Il n'avait pas vu ma tête ? Mes cheveux frisés ? Mes sourcils épais ? Mes yeux noirs ?

Les mêmes que les siens.

Mon père biologique m'ordonnait d'aller extorquer de l'argent à un homme que je ne connaissais même pas, sous prétexte que ce dernier m'avait donné son nom. Fallait vraiment qu'il crève, et vite !

Je crois que c'est là que ma mère a compris qu'il ne s'arrêterait jamais. Et, pour dire vrai, ce n'était pas trop tôt.

Avant, il s'en prenait à elle et à mes frères aînés, ceux du premier lit. Il s'était arrangé pour qu'ils ne viennent plus à la maison. Il avait bien nettoyé la place. Maman n'a pas fait grand-chose pour l'en empêcher. Elle l'avait dans la peau, quand même.

Au début, ils ont résisté. Surtout ma sœur aînée.

Elle travaillait. Elle avait son appartement, mais elle continuait à venir nous voir. Elle pouvait arriver à n'importe quelle heure. Parfois tard le soir, après son service. Jamais les mains vides. Elle nous faisait de beaux cadeaux. Un soir, elle est arrivée très tard. Je devais avoir cinq ou six ans. Elle est venue me réveiller dans mon lit. Elle m'avait acheté un magnifique manteau jaune, en laine, avec un col Claudine et de gros boutons en bois, noirs et ronds. Elle voulait que je l'essaye, là, sur-le-champ. Ça lui faisait plaisir. Elle était trop impatiente de me voir dedans. Elle était sûre que ce jaune irait à merveille avec mes boucles noires. Je me souviens de ce manteau jaune comme d'un soleil dans une nuit noire. Ma grande sœur, je l'attends toujours un peu. Je la trouvais belle et forte. Douce et implacable. À y repenser, je crois que ses visites nocturnes et inopinées n'étaient pas anodines. C'était pour garder un œil sur nous. Le vieux n'aimait pas ça. Il sentait bien son regard sur lui, et sur Maman aussi. Mes deux sœurs aînées étaient beaucoup plus radicales que les garçons. Leurs regards en disaient long. C'était des jeunes femmes. Lui, elles le méprisaient. Mais elles en voulaient bien plus à Maman. De lui, il n'y avait pas grand-chose à attendre. Mais Maman ? Elle était intelligente. Pourquoi acceptait-elle de vivre comme ça ? De nous faire subir ça ? Pourquoi s'accrochait-elle à ce type qui ne valait pas mieux que leur père ? Elles avaient raison. Maman les décevait. Elle aurait dû le mettre dehors à la première occasion. Elle ne l'a pas fait. Elle l'a laissé faire. Elle a attendu. Longtemps. Trop longtemps. D'ailleurs, elle ne l'a jamais fait. C'est lui qui l'a laissée tomber.

Consciencieusement, mon père les avait tous écartés de la maison.

Mais moi, j'étais sa fille, la première, il le savait. C'était sa faute si je ne portais pas son nom. Et puis, s'il était tellement à cheval sur les principes, il aurait dû attendre qu'elle divorce avant de fricoter avec elle. Il aurait dû l'épouser. Je n'y étais pour rien dans leur vaudeville salace. C'est vrai que Maman avait un peu la mémoire courte quand elle me commentait la température du cul de l'Italienne du dessus. Avec mon père, quand l'occasion s'était présentée, elle n'avait pas donné sa part au chien.

On venait de passer un cap. Après les enfants du premier lit, il s'attaquait à sa propre fille. Mon tour était venu. Je devais aller chercher cinq mille francs, sinon il me foutrait dehors.

Il était avec son pote, toujours le même.

Ils avaient fait leur petit tour au PMU histoire de préparer l'avenir, comme d'habitude, et ils étaient rentrés en tirant des bords. Cela faisait un petit moment qu'il rabâchait, exalté, assis du bout d'une fesse, en équilibre sur sa chaise. S'agitant comme un pantin désarticulé. Ma mère, debout devant son évier, au fond de sa cuisine, faisait mine de ne pas l'entendre. Elle s'efforçait de couvrir sa voix par les bruits de vaisselle et de casseroles qu'elle cognait contre les parois de l'évier.

J'étais planquée dans la chambre du milieu quand il m'a appelée pour me demander de venir dans la salle à manger.

Je me suis plantée devant lui. J'aurais voulu me faire toute petite, pour qu'il se rende compte que je n'étais qu'une enfant. À treize ans, on est encore une petite fille. Mais mon corps était trop grand, il disait des choses sur moi qui n'étaient pas vraies. On ne mesure pas un mètre soixante-quinze à treize ans.

Je cherchais un point d'accroche dans les yeux de l'ami de la famille, le témoin. Normalement, dans un couple d'alcoolos ou de clodos, il y en a toujours un qui fait le modérateur.

Je le vois encore, ce résidu de fausse couche, assis sur sa chaise à trémousser du croupion. Son regard était fuyant, impossible de le choper. Une anguille.

Il jouait gros, le parasite, difficile pour lui de se désolidariser de son copain de beuverie. La table était trop bonne, et mon père rinçait sans compter. Bien sûr, il avait un peu honte, mais comme il manquait sérieusement de courage, il n'a pas bronché. Le vieux jubilait. Assis devant son assiette qu'il avait à peine touchée, il déversait sa bile. C'était lui qui commandait dans cette maison, et il en avait assez d'être pris pour un con et de nourrir les gosses de l'autre fainéant. Maintenant, lui, il était assis là, comme un mendiant, alors que l'autre jouait les Américains. Pas question qu'il se fasse niquer plus longtemps. Je devais aller voir mon père, l'autre, pour lui réclamer son dû.

Je ne comprenais pas tout ce qu'il disait, ses phrases étaient entrecoupées d'insultes et de mots en kabyle ou en arabe, je ne sais pas. Il n'avait pas pris la peine de nous apprendre. Il m'a demandé de partir tout de suite en me faisant de grands signes en direction de la porte, je ne savais pas trop quoi faire alors je me suis retournée pour aller dans la cuisine, mais là, j'ai entendu un « *Yalla zid, nardin' oumouk !* » et, pour que je comprenne bien l'idée, il m'a balancé son verre de bière dans le bas du dos.

J'ai couru vers la porte et j'ai descendu l'escalier quatre à quatre. Arrivée en bas, je me suis assise sur la marche en pierre devant la porte d'entrée. Elle était lisse et usée à force de se faire caresser par les derrières des gosses du quartier. D'habitude, ils se retrouvaient là. À raconter leurs dernières bagarres avec la bande des blocs des Italiens. Je ne savais pas où aller, et même si j'avais voulu aller chercher son fric, à l'autre, je ne savais pas comment m'y prendre.

Karim vivait dans l'entrée B de notre immeuble avec sa femme et sa fille.

Depuis quelques semaines, il était en froid avec notre père. Il ne passait à la maison que quand le vieux était sorti. Le père n'avait jamais avalé son mariage avec Gaëlle, une blonde aux yeux bleus. Bien du coin. Il aurait préféré lui trouver une gentille petite femme toute neuve, directement importée du bled. Mais rien à faire, Karim et Gaëlle étaient raides dingues l'un de l'autre. Ils avaient déjà dû suffisamment batailler avec sa famille à elle, ce n'était pas pour se laisser emmerder par son père à lui. Ils lui ont tenu tête et, pour bien marquer la rupture, ils se sont mariés à l'église. Gaëlle y tenait. *Hchouma.* Le paternel n'avait pas apprécié l'impudence de son fils. Depuis, il rongeait son frein et ne désespérait pas de foutre leur mariage en l'air.

Quand je suis arrivée chez Karim, il a compris rien qu'à l'odeur. Mon T-shirt était trempé et je sentais la bière à vingt mètres.

Je lui ai raconté l'histoire des sous que je devais aller chercher en Allemagne, sans quoi je ne pourrais plus rentrer à la maison. Karim m'écoutait sans dire un mot. Il m'a laissée parler et servi un verre de Coca, en me demandant de faire attention à ne pas le renverser sur la table du salon. « C'est du marbre, ça ne part pas, les taches de Coca, sur le marbre. » Je suis restée assise sur le beau canapé en velours vieux rose, agrippée à mon verre que je tenais à hauteur de mes lèvres. Les bulles de gaz me chatouillaient les narines. Le décor ne m'était pas si familier. Ils vivaient dans un trois-pièces joliment meublé. Leur appartement était à peine plus petit que le nôtre, perché au quatrième étage. Karim s'est enfermé dans sa chambre avec sa femme. Je les entendais, les murs étaient à peine plus épais qu'une feuille de papier à cigarette. Elle n'était pas d'accord, elle ne voulait pas qu'il descende. Elle connaissait ça par cœur et elle avait peur. Elle voulait que je reste dormir là, c'était mieux pour moi. Demain, il aurait dessaoulé, Karim me ramènerait, et il lui parlerait. Vraiment, ce serait mieux comme ça.

Il est sorti de la chambre et il m'a prise par la main pour me ramener à la maison.

Quand le vieux nous a vus rentrer ensemble, ses yeux se sont mis à sourire. Il allait pouvoir nous régler notre compte à tous les deux. Karim est directement allé voir Maman, toujours terrée dans sa cuisine. Mon père en a profité pour se lever et fermer la porte de l'appartement à clé. On était fait comme des rats.

De retour sur sa chaise, il a commencé par interpeller Karim. En kabyle. Pour qu'on ne comprenne pas et, surtout, pour lui rappeler qui il était, des fois qu'il aurait oublié. Et puis il est passé au français, pour que tout le monde profite bien de ce qu'il avait à lui dire. Karim est resté dans la cuisine avec Maman, ils discutaient à voix basse pendant que le vieux vomissait ses horreurs. Comment allait sa femme ? Elle lui avait donné la permission de sortir ? Il avait eu l'autorisation ? Depuis plus d'un mois, il n'était pas venu voir son père, il avait retrouvé ses couilles aujourd'hui ? Il le traitait de Francaoui, d'ingrat, de lâche, de traître. Puis il s'en est pris à moi. J'étais retournée me cacher dans la chambre. Je l'entendais m'apostropher. Qu'est-ce que je foutais là ? Je n'avais rien à foutre là. Peut-être que Karim m'avait trouvée sur la route de l'Allemagne ? Ah, mais non, ce n'était pas possible. Il avait pas le permis, ce tocard. C'est sa femme qui conduisait la voiture, c'est elle qui portait la culotte, pas son fils, ce *miskine*. Heureusement qu'il avait travaillé pour me donner à bouffer toutes ces années, hein, mais là, c'était terminé. Si je voulais bouffer, je devais payer, maintenant ; il avait assez craché pour les gosses du Juif.

J'étais toujours tapie dans la chambre, recroquevillée sur le lit, et je priais pour qu'il crève, là, subitement. Qu'il s'étouffe avec le torrent de méchancetés qui sortait de sa bouche. Que son cœur froid et mort s'arrête de battre, foudroyé. Au lieu de ça, la porte s'est ouverte et il est entré dans ma chambre. Il avait défait sa ceinture et s'apprêtait à s'en servir quand Karim a bondi sur lui. Le vieux n'attendait que ça.

Enfin, il allait pouvoir lui mettre une bonne raclée, ça faisait longtemps que ça le démangeait. Ces dernières années, il s'en était pris, des hontes, à cause de lui. Il n'allait pas se gêner. Karim n'avait pas l'intention de le frapper, il voulait juste l'arrêter. Le vieux a commencé à lui mettre des coups, Karim les esquivait. On ne tape pas sur son père. Ma mère était sortie de sa cuisine. Elle criait. Suppliait. Tentait de les séparer. Mais la vieille teigne ne lâchait pas prise, il en bavait de rage. Karim l'a plaqué contre le mur, histoire de l'immobiliser, mais le vieux se débattait. Une vraie crise de démence. Mon sang avait quitté le haut de mon corps pour se réfugier dans mes pieds. Ma bouche était sèche. J'avais peur. Mais j'étais calme. J'avais vu mon père mettre la clé de la porte dans sa poche. Je ne pensais qu'à cette maudite clé. Je devais la récupérer, ouvrir la porte pour qu'on puisse foutre le camp de cette maison, loin de ce monstre. Karim avait de plus en plus de mal à éviter les coups. Il fallait agir vite. Je me suis approchée d'eux mais ma mère m'a repoussée en me hurlant dessus. Le vieux donnait de grands coups de savate pour échapper à Karim. Soudain, il s'est arrêté, il a fait face à son fils et lui a craché à la figure en le traitant de « *kelbe* ». Karim ne s'est pas démonté. On pouvait sentir la violence monter en lui. Il l'a plaqué encore plus fort contre le mur et a resserré son étreinte. J'en ai profité pour me faufiler et piquer la clé dans la poche de mon père. Il était tellement occupé à défier son fils qu'il ne s'en est même pas rendu compte.

Ils sont restés comme ça un moment, face à face. Le regard du vieux était injecté de sang. Il continuait à parler. Ses mots sifflaient, un vrai serpent. « Allez vas-y, vas-y, frappe-moi maintenant. Frappe ton père. » Il ponctuait ses phrases de mots que je ne comprenais pas. Karim ne bougeait pas. Il était tendu, fermé. Son silence était effrayant. Il n'avait plus quinze ans et il avait pris suffisamment de coups. En algérie, l'oncle ne s'était jamais privé de le castagner. Et son père avait pris le relais, dès son retour en France. Oui, il aurait pu le frapper, il avait plein de bonnes raisons de le faire. Pour le moment, il le tenait à bonne distance, juste ce qu'il fallait pour lui mettre un bon coup de boule. La tentation était grande. On pouvait lire tout ça dans ses yeux. Il était en train de passer de l'autre côté. Chez lui aussi, les vieilles rages étaient en train de remonter. Ma mère a senti la bascule. Le vieux aussi, je crois. Il a fermé sa gueule et a cessé de se débattre. Karim le serrait de plus en plus fort. À deux doigts de l'étrangler.

Maman s'est mise à lui parler doucement. Elle s'est rapprochée de mon frère pour lui caresser la tête tendrement. Il fallait rétablir le contact, aller le chercher. Il était perdu. Avec ses mots, elle l'a ramené à elle. On avait l'impression qu'il sortait d'hypnose. Il a posé mon père sur sa chaise et, avant de desserrer totalement son étreinte, il lui a murmuré à l'oreille qu'il reviendrait le finir s'il ne se tenait pas tranquille.

Le vieux est resté immobile, cloué sur place. Une poupée de chiffon avec des yeux blancs et vides, les petits vaisseaux rouges avaient disparu, lavés par les larmes qui commençaient à perler. J'ai donné la clé à Karim. Il était encore tendu comme un arc. Il m'a fait signe de le suivre. Il n'était pas question de me laisser là. Avant de partir, il en a profité pour faire le ménage et virer le cancrelat qui avait assisté à la scène sans jamais intervenir.

J'ai dormi chez Karim, ce soir-là. Maman est passée un peu plus tard dans la soirée. Elle avait couché mon père puis elle avait grimpé les quatre étages pour venir nous voir. Elle est restée tard avec Karim et Gaëlle, à discuter de la situation.

C'était encore un samedi soir. J'étais installée sur le canapé du salon, je les entendais parler dans la cuisine, à côté, et je priais. Toujours la même prière.

Quand je suis retournée à la maison, le lendemain, tout était rentré dans l'ordre. Son ordre. Mais quelque chose, dans le regard de ma mère, avait changé.

Elle était calme et déterminée.

Mon père s'est réveillé avec ses gémissements habituels : « *Ahhh ! Yemma, Yemma !* »

Elle l'a laissé gémir en appelant sa mère, un bon moment, avant d'entrer dans la chambre. L'odeur était toujours la même, dans cette chambre, les lendemains de cuite. Âcre et nauséabonde. Un mélange d'urine, de bile et de transpiration, chargées d'évacuer l'alcool toxique ingurgité la veille.

L'odeur de mon père.

Elle lui avait prépapré un Alka-Seltzer. Elle est restée immobile, à le regarder vider son verre. Presque bienveillante. Lorsqu'elle s'est penchée vers lui pour le récupérer, elle a dit les mots qu'elle aurait dû prononcer depuis trop longtemps :

— Si tu nous menaces encore une fois, moi et les enfants, je te jure, je te tue.

Son visage est passé du gris au blanc.

— Comment ça, tu me tues ? *Ah ! Yemma, yemma !*

— Ne t'inquiète pas pour moi, je trouverai. Mais je te jure que je te tue !

Son regard s'est déplacé sur le verre qu'il venait de boire et il a dit :

— Tu vas m'empoisonner, c'est ça ? *Ah ! Yemma, yemma !*

Avec cette froideur qu'elle pouvait avoir, Maman lui a tranquillement exposé les grandes lignes de son projet :

— Je ne sais pas, je t'empoisonne ou je te tue quand tu dors, je t'égorge comme un lapin, je te plante, je sais pas, mais je trouverai un moyen, je te le jure sur la tête de mes gosses.

Elle est sortie de la chambre en le laissant avec sa *yemma*, sa crise de foie et sa trouille au cul.

C'est peut-être à partir de ce moment-là qu'il a sérieusement pensé à mettre les voiles.

Sur le bout de ma langue

En dépit de l'agitation générale, ma mère a trouvé le moyen de nous envoyer en vacances. Les plus petits en colonie, et moi, en camp d'ados. Il fallait qu'elle se débarrasse de nous pour y voir un peu plus clair.

Je n'étais pas en grande forme quand je suis arrivée sur les rives du lac d'Annecy. Un peu perchée, la gamine, avec ses prières assassines et sa famille sur le carreau. Un vrai chat sauvage. Rien à foutre des sorties en canoé et des activités tir à l'arc. Des moniteurs avec leurs blagues à deux balles. Des garçons qui ne me calculaient pas. Des soirées autour du feu de camp, avec ce directeur qui se prenait pour Hugues Aufray et qui nous servait son petit âne gris sur deux accords de guitare. J'étais entourée de nazes qui vivaient sur un nuage. Je n'avais rien à faire avec ces attardés qui bouffaient des pâtes de fruits à quatre heures.

Je n'avais pas de nouvelles de ma mère.

Pas une lettre. Pas un mot. Elle m'avait dégagée sans me demander mon avis. Comme si cette violence ne m'atteignait pas. Elle croyait quoi ? Qu'il suffisait de m'envoyer à 600 km de chez nous pour que j'oublie ? Que mon premier bain dans les eaux du lac me débarrasserait de toute cette merde ? Ben non, ma valise était bien pleine. Sous mon maillot de bain et mes petites culottes, j'avais emporté toute la famille avec moi. Ils étaient tous là. Je les trimballais partout.

Lors d'une randonnée en montagne, j'ai fait un malaise. Le sac était trop lourd. Le directeur du camp est venu me chercher. Il m'a emmenée chez le médecin, qui m'a mise sous Témesta.

Le camp était vide, les moniteurs et les ados étaient partis bivouaquer quelques jours. J'étais seule avec le directeur du camp. Le Témesta, c'est bien. J'avais droit à des moitiés de comprimé. C'était déjà pas mal. J'ai dormi.

Le directeur était consciencieux. Je dormais, je me réveillais, il était là. Au début, c'était carrément gênant, cet homme qui ne me quittait pas des yeux. Je ne le connaissais pas. Alors, des fois, je faisais semblant de dormir, et c'est moi qui l'observais. C'est vite devenu un jeu. On s'est apprivoisés comme ça. Jusqu'au moment où je n'ai plus eu à faire semblant. Il ramenait à manger dans la tente et il prenait ses repas avec moi. Il était brun, bronzé et sportif. Il avait l'air autoritaire, mais avec moi, il était doux. Je me suis mise à lui parler. Je n'avais pas l'habitude de parler de moi, et je n'avais surtout pas l'habitude d'être écoutée. Il a tiré sur le bout de laine que je lui ai tendu et, lentement, il a défait la pelote qui m'empêchait de respirer. Ça me faisait du bien de parler à cet étranger, de pleurer. Je lui ai dit ce que je n'avais jamais pu dire à quiconque.

C'est comme ça qu'il est tombé amoureux. À me regarder dormir, à m'écouter.

C'est lui qui me l'a dit, après.

Les autres sont rentrés au camp. Le charme s'est rompu. Le directeur a repris sa guitare et ses occupations. J'ai eu une lettre de ma mère. Mon père avait fini par partir en Algérie avec ses grosses valises. Et Zora n'était pas morte. Avec un peu de chance, il ne reviendrait plus. Maman était peinarde.

J'étais soulagée, même si je n'y croyait pas vraiment. Je faisais semblant. J'ai souvent fait semblant. Longtemps. Dans plein de situations, pour donner le change. C'était devenu un réflexe. Un exercice de dissociation que j'ai mis au point assez rapidement. Pour ne pas me laisser happer. La distanciation avec les évènements, les autres, avec moi-même aussi. J'étais détachée, je pouvais me regarder vivre. Mon esprit planait au-dessus de mon corps.

Je suis repartie en randonnée, mais cette fois, c'est dans les bras d'un garçon que je suis tombée. Il était gentil, il me trouvait jolie. Moi, pas trop. Il lui manquait une dent. Il m'a demandé si je voulais sortir avec lui. C'était la première fois qu'on me demandait ça. Ils étaient tous un peu moches, alors lui ou un autre… J'ai dit oui. Il m'a embrassée, un soir de boum, sur *Angie* des Rolling Stones. Ça m'allait bien. C'était mon premier baiser, je n'étais pas en avance. Les garçons, je n'y connaissais pas grand-chose. Je n'avais pas vraiment eu l'occasion de m'en soucier jusque-là. Avec l'ayatollah que j'avais à la maison, ce n'était pas à l'ordre du jour. Il avait de grands projets pour moi. Je devais baisser la tête quand je croisais un homme et jamais les regarder dans les yeux. Je ne sortais pas. Ma vie était lisse, lui seul avait le droit d'y mettre du relief.

Je vivais dans une immense salle d'attente dans laquelle je tournais en rond comme un petit rat. Je savais qu'un jour, j'en sortirais. Moi aussi, je devais être patiente. Ce n'était qu'une affaire de temps. Je diffusais mon poison tous les soirs et je me tenais à distance le reste du temps.

Mon amoureux édenté n'a pas fait la semaine. J'étais prête à faire des efforts, mais fallait pas déconner quand même. Je me suis mise à chanter les chansons d'Hugues Aufray, de Christophe et de Françoise Hardy. Tout compte fait, ce n'était pas si mal de vivre sur un petit nuage.

Le camp s'est terminé.

Le voyage de retour s'est fait de nuit. Il était assez tard quand le directeur est venu discuter avec moi. Depuis notre petite semaine en tête à tête, on ne s'était plus vraiment parlé.

J'avais bien la sensation, de temps en temps, de son regard sur moi. Mais, dès que je tournais la tête, il regardait ailleurs. À force, ça m'avait fatiguée et je n'y avais plus prêté attention.

Les moniteurs étaient installés à l'avant du bus. Quelques ados continuaient à faire les imbéciles sur la banquette du fond. Le directeur s'est approché d'eux pour leur dire de se calmer et, au lieu de retourner s'asseoir à sa place, il s'est installé à côté de moi. Drôle d'idée. Il n'était pas très à l'aise. Les regards étaient braqués sur nous. Il s'est retourné vers eux, en disant qu'il allait rester là pour les garder à l'œil. Je me suis dit que c'était une coïncidence et qu'il n'était là que pour nous surveiller. Je sentais son corps contre moi, silencieux. Je ne savais pas quoi dire. J'ai pensé que je pouvais toujours faire semblant de dormir. Avec lui, ce n'était pas la première fois. C'est lui qui s'est mis à parler. Il m'a raconté qu'il était instit. Il avait un fils, pas beaucoup plus jeune que moi. Il était en instance de divorce. Il m'a parlé de sa jeunesse, de son père, on avait des choses en commun. Il m'a raconté ses voyages. Sa vie au Maghreb où il avait été professeur de mathématiques. Le retour en France avec sa femme et son fils. Son couple qui était parti en sucette. Cet homme se livrait. Sans filtre. Il me jugeait digne de recevoir ses confidences. Il me considérait.

Il s'est passé quelque chose en moi. Comme une porte qu'on ouvre. Chaque mot qu'il me donnait définissait les contours de mon être. Par ces mots, sa confiance, sa sincérité, il me faisait devenir quelqu'un.

Il m'a parlé la nuit entière.

Au petit matin, le bus nous a débarqués sur le parking du Palais des Sports.

Les familles étaient là. Pas ma mère.

Le parking s'est vidé. Chacune est reparti à sa vie d'avant. J'étais la dernière. Il a attendu avec moi. Juste avant que ma mère n'arrive, discrètement, il a détaché la chaîne en or qu'il portait et l'a mise autour de mon cou. La voiture de ma belle-sœur s'est garée devant nous. Ma mère a ouvert la portière côté passager. Il l'a saluée. Ils ont fait le point sur mon état de santé. J'ai compris qu'il avait réussi à la joindre au téléphone au début du camp, pour la prévenir. Il m'a souri une dernière fois, a tourné le dos, et il est parti.

J'ai planqué ma chaîne en or sous mon T-shirt. C'était mon histoire à moi. Ma vie qui commençait en dehors de tous ces gens que j'aimais mais qui ne me voyaient pas. La distanciation.

Je ne disais rien.

Avec un peu de chance, mon père était resté en Algérie. C'était le meilleur scénario. Je n'osais même pas poser la question à ma mère. Je rêvais, la tête appuyée contre la vitre arrière de la voiture. Le regard perdu loin derrière le paysage qui défilait devant moi. J'imaginais qu'une surprise avait été préparée pour mon retour. Qu'on allait ouvrir la porte de l'appartement et que mes petits frères, ma petite sœur, Karim, seraient là à m'attendre, des sourires jusqu'aux oreilles, impatients de m'annoncer la bonne nouvelle. J'imaginais qu'il avait décidé de nous laisser tranquilles. Qu'il était parti pour ne plus revenir. Que j'allais enfin pouvoir être libre. Que mon directeur viendrait me chercher. Et cette chaîne en or ? Pourquoi me l'avoir donnée ? C'était une promesse, j'en étais certaine. Je me taisais et je ne voulais rien entendre, rien qui puisse me détourner du scénario que j'étais en train d'écrire.

On est arrivés à la maison. Il était là.

Il avait fait un aller-retour en Algérie et il était rentré fissa, craignant que Maman ne bouffe le reste du fric laissé sur le compte en banque.

Il avait eu raison de s'inquiéter, parce qu'elle en avait bouffé un bon petit bout.

L'ambiance n'était pas très festive.

La surprise était là quand même. Le capharnaüm de la chambre du fond avait fait place à une jolie chambre aux murs mauves. Il y avait des rideaux à la fenêtre et deux lits dorés en fer forgé, avec une table de chevet assortie au milieu.

C'était notre chambre, rien que pour ma petite sœur et moi.

Notre endroit à nous.

Quand elle avait une idée dans la tête, ma mère, elle ne l'avait pas au cul.

Elle ne s'était pas arrêtée là. Elle avait retapissé le couloir et changé le balatum. C'était beau et propre. Mon père pouvait l'avoir mauvaise. Elle l'avait bien niqué. *Nardin' oumouk* toi-même, connard. Tu croyais vraiment qu'elle allait te laisser la dépouiller sans broncher ? Ils avaient travaillé du matin au soir, avec Karim, pour terminer les travaux avant son retour.

Maman n'avait jamais cru à son histoire de télégramme. Mais elle avait marché dans sa combine pour avoir le champ libre.

Elle avait bien vu son changement de comportement depuis quelques mois. Il était bizarre. Il passait son temps à la poste.

Il ne fallait pas la prendre pour une truffe. Zora avait eu vite fait de revenir d'entre les morts.

Il avait fait un voyage-éclair. Moi qui espérais qu'il était parti pour toujours. Retour à la case départ.

J'ai repris mes incantations nocturnes.

J'étais comme Chloé dans *L'Écume des jours*, un nénuphar poussait dans ma poitrine. Mais le mien n'était pas là pour me faire mourir. Il était là pour me faire vivre, pour me donner de la force et m'aider à partir. Je faisais glisser ma chaîne en or entre mes lèvres. Juste sur le bout de ma langue.

Zora

Je croyais que ma mère attendait ce jour avec impatience, qu'elle se sentirait libérée. Mais non, on ne se défait pas comme ça de ses liens. Elle y avait sans doute cru, à son histoire d'amour. Elle s'était certainement dit qu'aimer un paumé, un exilé, un modeste ouvrier, ça devait être plus simple que de miser sur un fils de bourgeois en perte de vitesse. Peut-être avait-elle pensé que le retour sur investissement était moins risqué, presque mathématique ? Elle s'était plantée. L'amour n'a rien à voir avec le niveau social, la culture ou l'éducation. Une saleté, c'est une saleté, pauvre ou riche, illettrée ou bardée de diplômes, d'ici ou d'ailleurs ! Des monstres frustrés qui exercent leurs pulsions violentes sur leurs femmes et leurs enfants, il y en a dans tous les quartiers, derrière les portes des HLM comme dans les salons des beaux quartiers. Mon père vivait dans une baraque de chantier quand il a rencontré Maman ; il était seul, pauvre, déraciné. Pour autant, ce n'était pas un amoureux et il n'était pas aimable.

Elle était allée de compromission en compromission, de déception en déception. Pour rien.

C'était simple à comprendre. On ne faisait pas partie du plan.

Il n'avait jamais rien prévu pour elle, pour nous.

Macache walou !

L'heure du départ a sonné.

Le vrai, le définitif. *Al Hamdoulillah !*

Il a raflé ce qu'il restait sur le compte. Il a refait ses valises. Elles dégueulaient de partout. Il avait réparé les oublis du premier voyage.

Mon calvaire n'avait pas duré longtemps, sans doute grâce au gri-gri que je portais autour du cou et que je tripotais en faisant ma prière. Il faisait encore beau. L'été n'était pas tout à fait fini.

Mon père avait optimisé son premier voyage. Son frère lui avait présenté une gentille petite femme. Elle n'était plus de la première fraîcheur et avait déjà quelques kilomètres au compteur, comme disait Maman. Ce n'était pas une première main, mais quand même, le frère de Papa avait su y faire et s'était donné du mal. Elle était moins grosse et bien moins cabossée que la Française.

Ainsi, c'est par une belle journée qu'il est parti retrouver sa belle, comme un jardinier qui s'en va cueillir sa dernière rose, emportant avec lui les derniers rayons de soleil. Bon débarras. Il pouvait bien aller cueillir toutes les roses et effeuiller toutes les marguerites d'Afrique du Nord, pour moi, cela restera le plus beau jour de ma vie.

Merci, Zora. C'est bien parce que l'oncle diabolique a pensé à te faire crever que j'ai pu enfin naître.

Ma mère accusait le coup. Elle se retrouvait seule avec quatre enfants, sans un sou, et ça, je ne l'avais pas prévu dans ma petite tête de piaf. Avant d'être ma mère, c'était une femme. Une femme de cinquante-deux ans, obèse, de l'eau plein les jambes, abîmée par les grossesses et les nuits sans sommeil. L'histoire se répétait. Mais cette fois c'est lui qui l'avait lourdée comme une vieille chaussette.

Elle l'avait aimé, ce sale type, et moi je ne m'en étais pas rendu compte. Je lui avais réglé son affaire sans penser à elle. Je voulais qu'il crève. Sans réfléchir aux conséquences.

On était seuls. Les grands étaient partis. Eux aussi avaient pris la tangente. Il les avait bien aidés.

Il ne restait que Karim, qui avait emménagé avec sa femme et sa petite dans l'appartement juste au-dessus du nôtre.

Il avait honte, honte de son père, de la situation dans laquelle il nous avait mis. Il se sentait responsable d'être comme lui, un Arabe. De partager sa langue et d'avoir connu ce pays, ces gens qui avaient enlevé leur père à ses petits frères. Ça non plus, je ne l'avais pas anticipé. Je n'y avais jamais pensé. Au contraire. Je me disais que c'était mieux pour lui. Le vieux avait passé son temps à lui pourrir la vie depuis qu'il s'était marié avec Gaëlle. Ils allaient enfin pouvoir respirer. Mais ce n'était pas si simple pour Karim. Il souffrait. Il ne lui pardonnait pas de nous avoir abandonnés. Ce type n'était bon qu'à ça. Faire des gosses, les oublier ou les maltraiter et, ensuite, les abandonner sur le bas-côté de la route comme de vieux clebs. Ça le rongeait de l'intérieur.

Karim avait vécu là-bas. Évidemment, Zora lui manquait, il aurait aimé qu'elle vienne avec lui et qu'elle soit là. Il aurait aimé pouvoir lui rendre visite en Algérie, mais il ne pouvait plus y mettre les pieds. Les flics l'auraient attrapé à l'aéroport pour l'envoyer faire son service militaire au fin fond du Sahara. Ils ne rigolaient pas avec les faux frères comme Karim. Ils leur faisaient payer cher d'être né en France.

Et puis, Maman l'avait immédiatement aimé comme son fils. Pour Karim, c'était insupportable, il n'osait même plus la regarder dans les yeux. Son père, cette caricature, l'avait abandonnée pour retourner au bled et se marier à une femme plus jeune. C'était indéfendable.

La rentrée est arrivée. J'étais en troisième. Ce n'était pas vraiment la joie à la maison, mais au moins, je n'avais plus peur de rentrer chez moi. Il n'était plus là et je n'avais plus la boule au ventre comme ces soirs, quand je remontais la côte du collège. Les sens aux aguets. À tenter de percevoir le plus petit signe qui m'aurait donné une indication sur le taux d'alcoolémie de mon père.

On en avait fini avec ce tyran, c'était derrière nous.

Du moins, je le croyais.

J'avais ma chaîne en or autour du cou. Elle était magique.

Elle me disait que ma vie n'était pas là. Je le savais déjà. Depuis longtemps. Je n'avais pas d'amoureux, les filles de ma classe me trouvaient bizarre. Trop fière pour une pouilleuse, trop belle pour être toujours seule. Moi, je m'en fichais, je ne voulais pas aimer dans cette vie-là. Ça ne m'intéressait pas. J'aimais ceux qui vivaient autour de moi. Ma mère, mes frères et sœurs, certains de mes profs. Je n'avais pas honte ; j'avais choisi d'être fière. Trop grande pour courber l'échine. Depuis qu'il était parti, je me redressais comme une fleur qui prend enfin la lumière. C'est un truc que les plantes ont en commun avec nous. Ça s'appelle la proprioception. Une sorte de sixième sens qui nous permet de gérer notre corps dans l'espace, de pousser droit et de garder l'équilibre. Les mini-récepteurs planqués dans mes muscles, mes tendons, mes articulations m'informaient sur ma capacité à affronter le monde. Je me relevais. Mon corps se dépliait. Rien ne pouvait m'empêcher de grandir. De quitter cet endroit.

Ma mère aussi avait plein de mini-récepteurs planqués sous ses bourrelets. Elle avait de la ressource.

Plusieurs vies derrière elle. Elle avait décroché son certificat d'études pour être sage-femme, mais son père avait refusé. Pas de ça dans la famille, qu'il disait. Pour lui, c'était dégradant d'accoucher une femme, d'enfoncer ses mains dans un utérus et de trifouiller des placentas. Il voulait qu'elle soit « sténodactylographe ». Un métier respectable. Il avait de drôles d'idées, le papi. Maman, ça ne lui a pas plu de dandiner du cul avec son calepin et son petit crayon sous le regard oblique d'un patron. Elle s'est barrée illico presto.

Elle était curieuse et cultivée. Elle écrivait bien et avait beaucoup lu avant d'avoir une kyrielle de marmots accrochés à ses tétons. À la maison, il n'y avait pas grand-chose, mais il y avait quelques livres. Elle avait vécu la guerre, les bombardements, l'exode. Ça me foutait les jetons quand elle nous en parlait. Depuis que mon père était parti, elle parlait davantage, elle nous racontait. Elle était devenue plus douce aussi. Plus vulnérable. Il était temps pour elle de nous dire qui elle était.

Elle avait fait plein de conneries quand elle était jeune. Elle se marrait en nous racontant ses histoires. C'était sa manière à elle de nous dire qu'elle avait été vivante. Avant. Après la guerre, elle était montée à Paris avec sa copine Bleuette, chez la tante Alice, la sœur de sa mère. On devinait qu'Alice avait passé un moment sur le trottoir. Son mac aurait bien repris du service et proposé sa protection à Maman. Pas à

Bleuette. Elle ne l'intéressait pas, il la trouvait trop moche. Maman n'a pas tardé à comprendre son petit manège. Elles se sont vite carapatées.

Je ne sais pas ce qu'est devenue Bleuette, mais Maman est restée à Paris. Elle a travaillé comme garde d'enfants ou garde-malade, c'était selon, dans de belles maisons parisiennes, chez des riches plus ou moins gentils et plus ou moins heureux. J'aimais l'écouter quand elle nous racontait l'histoire d'une de ses patronnes. Une jeune femme, pas très belle, qui pleurait tellement qu'elle faisait sécher ses mouchoirs brodés sur les radiateurs. Maman n'était pas restée longtemps dans cette maison. C'était trop déprimant. Elle a trouvé une chambre de bonne dans le 10e, pas loin des Folies Bergère, et un nouveau travail. Sa patronne s'appelait Bella, elle était juive et tenait une épicerie-traiteur casher. Elle nous parlait des colis que ses patrons envoyaient en Israël. Maman nous racontait Paris, les Grands Boulevards, Montmartre et Saint-Germain-des-Prés. Elle portait des chapeaux à voilette, des gants, des tailleurs et des bas de soie. Elle mettait du rouge à lèvres et de la poudre sur son visage. Des fois, elle y laissait sa paie. Fallait pas croire, elle avait du goût, notre mère, elle savait ce qui était beau.

C'était magique de voir cette grosse femme reprendre vie en évoquant ses souvenirs. Elle redevenait jeune et légère. Elle mangeait du caviar à la louche pour emmerder Bella et avait des amoureux extraordinaires. Il y avait le dompteur de tigres qui travaillait dans un cirque et qui était tombé fou amoureux quand il l'avait aperçue dernière le comptoir du *delicatessen*. Ils avaient flirté et il l'avait demandée en mariage pour l'emmener avec lui en Amérique du Sud, où il partait en tournée. Il avait organisé une grosse fête chez Bella, champagne et caviar à gogo. Il lui avait même offert une bague de fiançailles. Elle l'aimait bien mais elle était un peu bête, Maman, quand elle était jeune. Elle a eu la trouille. Elle lui a rendu sa bague et il est parti sans elle. Elle a su qu'il lui avait beaucoup écrit, longtemps après. Mais Bella, sa patronne, avait intercepté les lettres d'amour du dompteur.

Il y avait aussi ce journaliste israélien qui voulait l'épouser. Là, elle était bien accrochée, ça s'entendait encore dans sa voix. Mais elle a tout fait capoter. Elle ne se sentait pas à la hauteur. Il était trop bien pour elle alors elle l'a quitté. Elle a été méchante et cruelle avec lui. Une vraie saleté.

C'est juste après ça qu'elle s'est laissé cueillir par son premier mari. Il était beaucoup plus vieux qu'elle. Vingt-cinq ans de plus. Elle nous disait que, certainement, le Bon Dieu l'avait punie d'avoir été aussi garce avec les hommes quand elle était jeune. C'était pour ça qu'elle s'était retrouvée avec des salauds, après. Elle nous disait que dans la vie, à un moment ou à un autre, on passe toujours à la caisse.

Cette femme était multiple. À la fois affectueuse, fragile, usée par la vie et forte comme un roc, têtue, autoritaire, cruelle.

Elle pouvait aussi se montrer froide et injuste, surtout avec mes frères et mes sœurs aînés. Nous n'avons pas eu la même mère.

Entre l'aîné de ses enfants et la toute dernière, il y avait vingt et un ans d'écart. Dix enfants. On a le temps de changer, de grandir, de s'attendrir. Elle avait eu un peu plus de temps pour nous aimer. Surtout une fois que le vieux était parti. Du temps de cerveau disponible.

Pour moi, c'était une super-héroïne.

La personne la plus intéressante que je connaissais. C'était elle qui avait lu le plus de livres, qui me faisait mes rédactions, qui me disait qu'il y avait un ailleurs, une autre vie possible. Elle ne me bourrait pas le crâne avec des rêves de midinette. Elle attendait autre chose de moi. Elle me le faisait comprendre un peu chaque jour, sans même me parler. D'ailleurs, on ne se parlait pas tant que ça. On n'en a jamais vraiment eu besoin. Notre communication était intuitive, presque télépathique. C'était comme une promesse qu'on se serait faite quand j'étais encore dans son ventre, et dont on n'aurait plus jamais parlé. C'était plus que de la confiance. Comme un pacte. J'avais foi en elle, elle avait foi en moi.

J'avais aussi de beaux projets pour elle. Mon rêve secret, c'était qu'elle finisse sa vie avec mon prof de français.

C'était un bonhomme exigeant et juste. Ce n'était pas Omar Sharif, avec ses petites boucles rousses autour de son crâne lisse et dégarni, ses lunettes et son petit ventre bedonnant, mais lui savait lire et écrire. Il ne picolait pas. Il aimait les gens. Il était capable de faire réciter les stances du *Cid* aux élèves de CPPN. J'avais des frissons quand je passais derrière la porte de sa classe et que je les entendais. C'était autre chose que le bordel permanent qu'ils mettaient avec les autres profs. Il faut dire que c'était le seul à se donner du mal pour leur apprendre quelque chose. Il ne les méprisait pas. On sentait dans son regard qu'il respectait les enfants, quels qu'ils soient. Il avait cette générosité de cœur qui rend irrésistiblement beau et attractif. Il m'avait attirée à lui comme un aimant. Je butinais autour de lui comme une abeille, toujours en quête d'un regard, d'une approbation. J'avais besoin de lui. Il s'approchait de moi, attrapait mon menton pour le relever. Tiens-toi droite. Ne baisse pas les yeux. Tout le contraire de l'autre. C'est lui qui m'a fait faire du théâtre pour me guérir. C'est lui qui m'a appris à parler, à aimer les mots.

Heureusement qu'il était là, parce que mon orientation scolaire n'était pas exactement le sujet de conversation principal à la maison. Maman avait toujours eu autre chose à faire que de nous attendre à la sortie de la classe ou de participer aux réunions de parents d'élèves. On l'avait compris.

En fin de quatrième, j'avais réussi à la traîner à un rendez-vous avec une conseillère d'orientation. Je n'avais pas le choix. Je ne pouvais pas y aller seule. Présence d'un des parents obligatoire. La dame, qui n'était pas vraiment une fusée, n'a rien trouvé de mieux à dire qu'avec ma grande taille, je devais faire des études pour devenir hôtesse de l'air. Ma mère se l'est faite aux petits oignons : « Hôtesse de l'air ! Hôtesse de l'air ! Est-ce que ma fille a une tête à faire hôtesse de l'air ? Vous ne croyez quand même pas qu'elle va faire des études pour être serveuse dans un avion ! » ; puis, sans même attendre une réponse, elle s'est mise à chanter : « Toute ma vie, j'ai rêvé d'être hôtesse de l'air, toute ma vie, j'ai rêvé d'avoir le cul en l'air ! » La conseillère ne savait pas où se mettre, moi non plus. Mais ma mère s'est régalée.

Elle était toujours partante pour se faire un prof, un flic ou un curé.

On est rentrées, bras dessus, bras dessous. Elle s'est moquée de la conseillère tout du long. J'ai fini par me rallier à elle, c'était plus prudent. La résilience, c'est comme le reste, ça s'apprend. Maman, c'était un vrai proto, Boris Cyrulnik aurait adoré. On la croyait à terre, et *psitt !* elle relevait la tête, prête à cracher son venin.

Mars

L'histoire se répète pour moi aussi.

Je sais ce qui m'attend, je sais ce que cela fait. Croiser un homme qu'on a embrassé, désiré, et ne plus rien ressentir. Je sais que tout peut disparaître comme par enchantement. Que l'on peut tout oublier. L'odeur de la peau, le goût d'une langue, la douceur d'un sexe, les mots. Tout.

Avec lui, chaque moment devait être vrai, profond.

« *Generations have trod, have trod, have trod* », c'est ce qu'il a fait graver à l'intérieur de nos alliances. Cet amour devait être plus fort que nous. Il devait durer toujours. Jusqu'à la mort.

On n'a pas été à la hauteur. Il est passé à la trappe.

La mort attendra.

Partir, se tirer, finir. C'est difficile. Mais une fois qu'on a fait le tour de la question, qu'on a écumé les pour et les contre, qu'on n'a vraiment plus rien à se foutre sous la dent pour reporter encore l'inéluctable, quel soulagement !

Pourquoi tant d'acharnement à faire durer les choses ? La résistance au changement. La peur du vide. La lâcheté. Le sens du devoir. L'orgueil. La loyauté. La promesse. L'engagement. Autant de mots pour nous maintenir. Nous contenir. Nous empêcher. Il y a la tendresse, aussi. On peut ne plus être heureux et continuer à aimer. Avoir peur pour l'autre, éprouver du chagrin à l'idée de le rendre malheureux, de le quitter. Désaimer, ça prend du temps. Jour après jour, on aime moins, jusqu'au jour où l'on n'aime plus. Il faut du courage pour tirer le frein à main, même sur une route de campagne un peu tristounette. Il y a toujours des platanes, le long des routes de campagne. Qui sait comment la voiture peut réagir ? Une embardée à gauche, une à droite, et vlan ! Le platane.

Heureusement, chaque fois, mon instinct de survie est là pour me mettre un grand coup de pied aux fesses et m'éjecter *in extremis* hors du lit conjugal. L'atterrissage est toujours un peu difficile.

La sensation d'avoir séjourné dans le tambour d'une machine à laver. Cycle long. Très long. 90° C avec prélavage. Essorage 1 700 tours/minute. Je suis toute groggy. J'ai mal partout. J'ai besoin d'un peu de temps. Respirer. Reprendre possession de chacun de mes membres, les déplier, les étirer. Doucement. Faire l'état des lieux. Remettre en marche les petits capteurs. Retrouver mon centre de gravité. L'équilibre. Respirer profondément encore. Par le nez, c'est mieux. Dix fois.

Je me relève. Je tiens debout. Seule.

Pas besoin de lui.

Je me remets en marche. Les fils se reconnectent un à un. Ça chatouille. C'est grisant. L'électricité parcourt chaque millimètre de ma peau, jusqu'au bout de mes ongles, jusqu'au bout du plus petit poil. Mon corps se réveille. Il s'anime, s'énerve, s'allège. Il veut être vivant, joyeux, léger.

Je lâche les boulets, je lâche les kilos.

J'en ai perdu une bonne dizaine. Je suis bien. Je suis mieux.

Je suis belle. Rebelle.

Je me mets au travail. J'ai un gros dossier à traiter. Moi. Il faut remettre un nouveau film dans le boîtier. Une nouvelle vie à remplir. Une nouvelle page, pour me réinventer et me méfier. De moi.

Tout est affaire de décor
Changer de lit changer de corps
À quoi bon puisque c'est encore
Moi qui moi-même me trahis
Moi qui me traîne et m'éparpille.

Cette fois, je ne me trahirai pas. Promis juré. Je ne serai plus cette femme-là, c'est fini. J'arrête de me coltiner les courses et faire à bouffer après mes journées de boulot. M'en fous, dorénavant, on ne m'aimera plus pour ça, plus envie. Terminé les comptes communs, pour ça non plus on ne m'aimera plus. J'arrête de faire semblant, j'arrête d'être forte, irremplaçable. De m'éparpiller, de me dissoudre. C'est ma troisième chance. Certainement la dernière. Un nouveau joker. Un dernier tour de manège. À partir de maintenant, je cueille, je picore, je butine. C'est inespéré, quand on y pense. Pouvoir devenir qui on est. Creuser, chercher, rectifier, s'affirmer. C'est comme de la cuisine. J'aime cuisiner. Je vais penser ma nouvelle vie comme une recette d'Ottolenghi. De bons produits, du soleil, des épices douces, des piments. Un peu de harissa à la rose, du citron et du miel, beaucoup de miel.

Eh oui, grand-mère, ça vient de là. Je suis aussi arabe. On n'échappe pas à son héritage culturel, même s'il est tout foireux. Même si on vous l'a confisqué. Un professeur d'université m'a dit un jour que je serais surprise de voir ce dont j'étais capable devant un métier à tisser. Pour lui, il en était certain, mon tissage ressemblerait beaucoup à celui de ma grand-mère kabyle, que je n'ai jamais connue. Il paraît que c'est inscrit dans nos gènes. Certains disent même que c'est inscrit dans notre corps. C'est comme ça, je suis une « *arbaya* » qui récite des « Je vous salue Marie » avant de se coucher, et qui ne peut s'empêcher de mettre du raz-el-hanout, de la cannelle et du cumin dans les plats qu'elle mijote. Une fille qui ne comprend pas un mot de la langue de son père mais qui systématiquement sent son cœur se briser dès les premières notes de *A Vava Inouva* d'Idir. Un organisme vivant non identifié. Un claquage disruptif entre la Petite Kabylie et la Champagne pouilleuse.

Cet héritage, je l'ai longtemps refusé pour marquer la distance et défier ce père dont je n'ai jamais été la fille. Des yeux noirs et des cheveux couleur de jais ne suffisent pas à faire de vous ce que vous êtes. Pas tout de suite. Même si le regard des autres vous le rappelle régulièrement. « T'es d'où ? De Lorraine, ah bon ? » Ni mon nom, ni ma langue ne me permettaient de revendiquer mes origines. J'ai appris à avancer masquée, avec le sentiment d'être une usurpatrice, de bluffer et de jouer des rôles successifs, sans jamais vraiment être moi. La reine de l'improvisation. Un personnage de la commedia dell'arte. Isabelle, celle qui ne rentre dans aucune case, tendre et perfide, mais toujours sincère dans ses amours.

C'était ma façon à moi de traverser la vie, d'assumer ma traîtrise sans me faire trop mal. De rebondir et de ne pas perdre la face dans cette farce. Une petite pirouette, et je retombais sur mes pattes.

J'arrête.

Ma nouvelle vie sera gourmande. Une terrasse ensoleillée, une table en bois brut recouverte d'un tas de mezzés tous plus délicieux les uns que les autres.

Du vermentino comme s'il en pleuvait et, pour partager, les gens que j'aime. Je veux de la douceur. Ne plus avoir peur. Être folle et légère. Prendre du plaisir. Être pleine. Jouir. Comme je veux.

Les sorcières

Noël est arrivé, et ce fut le Noël le plus pourri de ma vie. Pas de sapin, pas de cadeau, rien, la dèche totale. On était assis à la table de la salle à manger sans sapin et Maman nous a dit : « Plus jamais on fera un Noël comme ça ! C'est pas humain, des choses pareilles ! C'est pas parce qu'on est dans la merde qu'on n'a pas droit à un Noël comme tout le monde ! » Elle aurait été « gilet jaune », Maman. Et Macron, il aurait eu chaud à son petit cul.

C'était un peu tard pour s'en rendre compte. On avait été d'accord pour « ne pas dépenser des sous qu'on n'avait pas dans ces conneries ». Mais là, on votait à l'unanimité : plus jamais de Noël comme ça ! S'il fallait aller piquer le sapin, la prochaine fois, on le ferait.

Ça m'a marquée, cette histoire, je suis devenue la plus grande emmerdeuse du monde quand il s'agit de sapin de Noël. Personne ne le choisit à ma place, impossible pour mon mec d'arriver à la maison genre « Chérie, j'ai acheté le sapin ! » Là, c'est l'engueulade garantie. Il n'est jamais assez grand, assez beau. Un sapin, c'est majestueux ou rien. Et pas intérêt de venir avec des sapins en plastique ou des trucs d'écolo faits maison en bois flotté. Il faut que ce soit un vrai, fraîchement coupé, et qu'il embaume encore l'odeur des forêts. Pareil pour les cadeaux, inutile de me dire des trucs comme : « Mon amour, cette année, on va y aller mollo avec les cadeaux, les gamins sont grands, on leur fait une enveloppe et *basta così* ! » Là, je rentre dans une colère noire. C'est comme si on appuyait sur le bouton « start ». Un bip et c'est parti, je suis intarissable : « D'où que je ne ferais pas de cadeau ? D'où que c'est pas la peine de se faire chier à faire des gâteaux de Noël ? D'où qu'on s'en fout de tout ça ? J'en ai rien à cirer de savoir que c'est un truc commercial blablabla, et que le père Noël il est rouge à cause de Coca-Cola. Moi, je fais autant de cadeaux que je veux à Noël, et toi, t'as pas intérêt à arriver avec ta gueule enfarinée et rien dans les mains ! »

Je suis vraiment cool sur plein de trucs, mais là, terrain miné. Je suis une enfant traumatisée, il s'agirait peut-être de s'en souvenir de temps en temps. Il y a des trucs avec lesquels il ne faut pas jouer. Les cadeaux et le sapin, c'est sacré.

La Lorraine, ce n'est pas le meilleur endroit pour faire des économies de chauffage. Cet hiver-là, on a eu froid. Le poêle à mazout dans le salon était en berne. Pas de petite flamme pour réchauffer l'atmosphère. Avant, on parvenait quand même à remplir la citerne de fioul. Décidément, je n'avais rien compris. C'était le premier hiver sans notre père. Ce qu'il ne buvait pas de sa pension, même si ce n'était pas grand-chose, nous manquait. Comment voulez-vous fabriquer des femmes libres dans un monde pareil ? Comment dire aux petites filles qu'il ne faut pas accepter, ne pas se laisser terroriser, comment faire pour ne pas retomber dans le panneau ? Ils étaient où, les experts en conduite du changement ? Ma mère aurait bien aimé qu'ils lui expliquent comment faire, là maintenant. Comment faire pour ne pas se geler le cul en hiver et pouvoir dormir quelques heures sans se demander avec quoi elle payerait les loyers en retard, l'électricité que ces bâtards pouvaient couper sans crier gare, et faire trois courses chez monsieur Leclerc.

Comment on fait quand on est une femme de cinquante-deux ans, avec quatre enfants, pour vivre avec des allocations ?

Eh ben, on se démerde…

Quand on était petits, elle le faisait peu, juste aux personnes de notre entourage, pour se faire la main.

La vieille Angèle venait à la maison tous les jours. C'est elle qui lui avait appris. Elle avait des cheveux argentés, tressés en une natte épaisse qui lui courait jusqu'en bas du dos. Maman l'appelait « la Gitane ». Ce n'était pas méchant. C'est juste qu'elle l'était, et tout le monde l'appelait comme ça. D'ailleurs, ça l'arrangeait bien, Angèle, pour faire ses petites affaires. Ça lui donnait du crédit. Elle avait dû être très belle, avec ses grands yeux gris clair, son nez fin et sa bouche épaisse. Elle était menue. Il ne lui manquait aucune dent. Elles étaient toutes là. Blanches et bien alignées. Ce n'était pas si courant chez les vieux. Surtout chez les romanichels, comme disait Maman. Elle n'avait pas de rides, non plus. À force de passer son temps dans les courants d'air, son visage était lisse, comme érodé par le vent. Mon père ne l'aimait pas. Il disait que c'était le diable qui rentrait dans la maison. Qu'elle était comme un rat, à traîner dans les escaliers. Nous, on trouvait qu'elle ressemblait plutôt à une petite souris grise. Angèle savait bien que le diable, c'était lui. Elle savait lire dans les cartes et aussi dans les yeux des gens. Vraiment, cette petite bonne femme avait tout pour plaire à ma mère. Elle était malicieuse, espiègle et avait un sens aiguisé du commerce. Pour fidéliser sa clientèle, elle avait retiré les mauvaises cartes de son jeu. Maman s'en était rendu compte assez vite et lui avait fait part de son étonnement. La réponse d'Angèle fut pleine de sagesse et de compassion pour ses congénères. L'ascenseur social était clairement en panne dans les cages d'escalier qu'elle arpentait. À quoi bon annoncer à ces femmes ce qu'elles savaient déjà ? Même si elle avait retiré les plus mauvaises cartes, elle connaissait bien son boulot. La déception, les problèmes de fric, la violence, pas la peine de sortir les tarots pour deviner tout ça, ça lui sautait à la figure. Alors, quand vraiment elle voyait de gros soucis dans le jeu d'une consultante, elle lui disait qu'elle aurait encore des montagnes à gravir. C'était son expression, à Angèle. Des montagnes à gravir, il y en avait à tous les étages et ça résumait bien les choses.

Au début, ma mère y a eu droit elle aussi. Comment en aurait-il été autrement ? Sa vie ressemblait à la cordillère des Andes.

Très vite, elles sont devenues copines. Maman a acheté un jeu de cartes bien complet et Angèle lui a refilé tous ses tours de passe-passe.

Chez nous, la porte d'entrée n'était jamais fermée à clé. Ça a toujours été comme ça. Même la nuit, elle n'était pas verrouillée. Ceux qui n'avaient pas l'habitude de vivre dans notre quartier trouvaient ça totalement inconscient. Nous, on savait que c'était mieux comme ça. Avec tous les gosses qui rentraient et sortaient, il aurait fallu mettre quelqu'un à demeure pour ouvrir la porte. Maman disait qu'elle n'avait pas le temps de faire le groom et que, le danger, c'était pas dehors qu'il était. On avait ce qu'il fallait à la maison. Tous les matins, Angèle se faufilait dans notre couloir. La petite souris grise connaissait les habitudes de la maison, elle rentrait sans prendre la peine de frapper à la porte. Elle jetait un « Bonjour » à la volée, ignorait mon père quand il était là et s'avançait vers le bout de la table de la salle à manger. Au pied de sa chaise, elle posait son cabas qu'elle trimballait partout. Puis elle déboutonnait son long gilet noir, l'accrochait précautionneusement au dossier de sa chaise, s'installait dos à la fenêtre et sirotait tranquillement sa tasse de café, en feuilletant la page « Tiercé » du *Républicain Lorrain*. C'était son rituel avant de commencer sa tournée. Avant de se cogner les escaliers de tous les immeubles de la rue, de frapper à chaque porte pour proposer ses montagnes à gravir. Les deux sorcières se comprenaient sans se parler beaucoup. Une fois son café avalé, Angèle rejoignait Maman dans son antre pour lui déballer les petits secrets qu'elle avait glanés auprès de ses clientes de la veille. C'était pas très déontologique, mais elle s'en foutait. Au prix où elle se faisait payer, elle n'avait pas non plus signé une clause de confidentialité. De toute façon, elle n'était pas très inquiète. Maman ne bougeait pas de sa cuisine. Ses petits ragots ne sortiraient pas de là. Au mieux, ils finiraient leur course dans le tuyau d'évacuation de l'évier. Mélangés à l'eau sale de la vaisselle de la veille. Quand Maman viderait sa petite bassine en plastique bleue, pour changer l'eau pour le rinçage. Elles se marraient, toutes les deux. C'était leur petit quart d'heure de détente avant d'attaquer la journée.

Le jour où Angèle s'est fait faucher une guibole par un bus alors qu'elle traversait dans les clous, elles ont moins rigolé. Avec sa manie d'enlever les mauvaises cartes de son jeu, elle ne l'avait pas vu venir. La souris s'est retrouvée à devoir sautiller sur une patte. Elle n'est plus sortie de son trou. Il n'y eut plus de montagnes à gravir pour personne. Mon père s'est réjoui de ne plus la croiser dans notre cage d'escalier. Le vent n'a plus balayé son joli museau, et de grands sillons sombres se sont mis à creuser son visage.

Quand on s'est retrouvés vraiment sans le sou, cela faisait un bail qu'Angèle n'était plus là. Elle était passée de son trou de souris au trou creusé par les fossoyeurs, sans tambour ni trompette.

Toujours coincée dans sa cuisine, Maman s'est fait son petit bilan de compétences. Allez savoir pourquoi, c'est Angèle qui lui est entrée dans la tête. Comme avant, sans frapper. Maman a compris le message. Entre sorcières, pas besoin de dessin. Il était temps pour elle de mettre en pratique ce qu'elle avait appris. Elle a sorti son jeu de cartes. Elle a rameuté les voisines, et c'est comme ça qu'Angèle nous a sauvé la mise.

À son tour, ma mère est devenue une sorcière. Comme Angèle.

Je crois qu'elle l'était depuis longtemps.

Angèle l'avait su dès leur première rencontre.

C'est sans doute pour ça qu'elle venait la voir tous les jours, pour l'aider à tenir, pour la préparer, pour transmettre.

J'aime les sorcières. Elles sont solidaires, elles se serrent les coudes. Elles font face. Les fées sont mièvres. Elles sont là pour nous empêcher de grandir, elles nous asservissent. Elles font de nous des femmes stupides dont la seule ambition est d'être belles, douces et désirables. Elles distribuent leurs petits dons de merde à coups de baguette magique qui nous ramollissent le cerveau. Elles nous piègent et recouvrent nos petits corps graciles de paillettes et de robes couleur de lune, pour qu'on se glisse sans broncher dans le lit du premier con venu. De vraies mères maquerelles.

Les sorcières, c'est autre chose. Elles ont de vraies ambitions pour nous. Elles se rebellent, elles revendiquent, elles résistent. Elles risquent le bûcher, la noyade, la pendaison, et se bagarrent à grands coups de fourche et d'éclairs pour rester libres.

Elles ne se contentent pas des miettes. Elles ne sont pas oisives, comme ces fées imbéciles qui nous carottent en nous faisant croire que notre seule échappatoire est de choper un mec blindé et de le coincer en lui faisant plein d'enfants. Les sorcières ne font pas de nous des ventres et des chattes dociles. Elles ont le savoir, le pouvoir et la force. Elles ne vivent pas dans la peur. Elles dansent la sarabande, boivent, baisent, empoisonnent, conspirent. Et s'il leur arrive de vouloir zigouiller Blanche-Neige pour lui piquer sa beauté, c'est juste pour se taper des mecs plus beaux et plus jeunes, et faire un gros bras d'honneur à toute la bien-pensance.

Maman avait loupé le coche. Elle s'était fait coincer.

Elle était devenue sorcière par nécessité. Après avoir avalé plein de couleuvres. C'est pour ça que, de temps en temps, elle en recrachait quelques-unes.

Ce n'était pas une souris comme Angèle. Avec ses 140 kg, pas question de faire du porte-à-porte.

Quand elle était au bout du rouleau, ça tombait du ciel.

Chez nous, Dieu et le diable se partageaient le boulot.

Toc toc toc.

« Bonjour madame. Je viens de la part de Mme Machin, est-ce que c'est vous qui faites les cartes ? »

Son visage s'éclairait, elle baragouinait un « Merci, mon Dieu » et leur ouvrait la porte en grand. Elle précédait toujours ses clients dans le couloir de l'appartement, en prenant garde de bien fermer les portes de chaque pièce. Même si c'était plus calme depuis le départ du vieux, c'était quand même toujours un peu le foutoir.

Ça se passait dans la salle à manger. Elle ouvrait le placard, attrapait sa grosse boîte en fer, s'installait à la table. Toujours à la même place. Elle en bout de table, et la personne à sa droite. La cérémonie pouvait commencer. Elle sortait son premier jeu de cartes. Le bleu turquoise. Les cartes étaient petites, pas très jolies. Sur la boîte, il y avait écrit « La Voyante ». Elle disait que ce jeu lui permettait de faire un petit tour d'horizon.

Ensuite, elle sortait les Oracle Belline.

Leur dos était bleu, lui aussi, mais d'un bleu profond, parsemé de petites étoiles dorées. Sur la face, les dessins étaient beaux et colorés, pas trop chargés. Juste une illustration au centre de la carte, symbolisant l'Amour, la Trahison, la Mort, l'Intelligence, la Force, la Tempérance, l'Espoir. Maman les étalait méthodiquement, et les lisait comme elle aurait lu une planche de bande dessinée. Elle était concentrée. C'était plus qu'un travail. Les gens qui venaient la voir étaient en attente, et souvent en souffrance. Elle parlait doucement, avec des mots choisis, pleins de bienveillance, même si souvent, c'était compliqué de trouver du positif dans ce qu'elle voyait. Elle savait lire les gens autant que les figures éparpillées sur la table. Elle avait compris qu'il ne fallait pas retirer les mauvaises cartes des jeux, que cela n'empêchait pas les bus de vous déquiller au coin d'une rue. Alors elle disait tout, mais elle y allait mollo.

Nous, on connaissait les enjeux.

Quand on n'était pas à l'école et qu'on traînait dans ses pattes, elle nous demandait de rester tranquilles dans la chambre.

Des fois, les clients arrivaient en groupe et ça pouvait durer des heures, mais on obéissait. J'avais quatorze ans, je restais avec mes petits frères. Silencieux. On attendait que le travail se fasse.

Comme quand j'avais cinq ans et que, derrière cette même porte, j'attendais la naissance de ma petite sœur. Elle en a quand même eu cinq, dans cet appartement. Après les deux premiers, à qui elle avait donné naissance à l'hôpital Saint-Louis, dans le 10e, elle avait toujours refusé de retourner à l'hôpital pour avoir ses bébés. Les bonnes sœurs l'avaient dégoûtée à jamais, avec leurs gestes brusques et leurs mots blessants. Depuis, elle n'accouchait qu'à domicile. Quand le travail était déjà bien avancé, elle envoyait ma grande sœur chercher la sage-femme, qui n'habitait pas loin. Je ne me souviens plus de la naissance de mes deux frères, j'étais trop petite. Mais je me souviens bien de l'arrivée de Mizouzou, un matin ensoleillé, à la fin du mois de juin. Cela faisait déjà un moment que Maman était avec la sage-femme dans la chambre. C'était pas rassurant. Tout le monde, autour de moi, était anxieux. On entendait juste la dame qui donnait des conseils à Maman, et elle qui répondait en faisant des bruits bizarres. Je devais rester avec ma grande sœur. Ne pas bouger. Je mourais d'envie d'aller voir ce qui se passait dans la chambre d'à côté. De voir Maman. Rien à faire, ma grande sœur me gardait bien serrée dans ses bras. Impossible de lui échapper. La tension montait, montait. Jusqu'au moment où l'on entendit les premiers pleurs du bébé. La sage-femme est sortie de la chambre avec un bon gros bébé dans les bras, en gueulant : « C'est une fille ! C'est une fille ! » On s'est précipités dans le salon pour voir notre petite sœur en vrai. Mizouzou nous regardait avec ses grands yeux couleur Coca-Cola. Elle avait beau être la dixième, c'était quand même toujours un miracle.

Quelques années avaient passé, et c'était un peu la même chose. On était toujours coincés à attendre dans la même chambre, pendant que Maman était aux manettes. C'était un peu mystique. Tout se mélangeait dans nos têtes. On ne savait pas exactement ce qui se passait de l'autre côté de la cloison. Intervention divine ? Cérémonie religieuse ? Rituel de sorcellerie ?

Une chose était sûre. Notre mère avait des superpouvoirs, et des gens venaient de très loin pour entendre ses histoires.

Au début, ça n'allait pas pisser loin, c'était une histoire de trente ou cinquante francs, par-ci par-là. Mais quand elle avait plusieurs personnes dans le mois, cela pouvait monter jusqu'à cinq cents, sept cents francs, et là, c'était pas rien.

Elle a pris son travail à cœur. Sa zone de chalandise s'est élargie. On n'était pas riche, mais on vivait mieux. Elle avait moins peur.

Notre salon s'est transformé en salle d'attente.

Au retour de l'école, ce n'était plus un père saoul et violent qui nous attendait, mais un échantillon bigarré d'une population en panne. On trouvait de grosses mamas arabes enfoncées dans notre canapé. Elles attendaient leur tour, les mains croisées, bien calées sur leurs gros ventres. Un foulard noué sur la tête, des dessins peints au henné sur le visage et le long des doigts et des dents en or plein la bouche. Certaines avaient subi le même sort que Maman. Leurs vieux les avaient fait venir en France, leur avaient fait une batterie de gamins et s'étaient fait la malle dans l'autre sens, pour profiter de leur maigre retraite sous le soleil du bled avec une femme plus jeune. Elles étaient perdues, seules, illettrées pour la plupart, parlant à peine le français, avec des enfants sans père. Incapables de gérer leurs garçons qu'elles appelaient « Monsieur mon fils » et qui leur en faisaient voir de toutes les couleurs.

Il y avait des gens très chics aussi, et plus argentés. Des hommes avec des costumes et des femmes bien habillées avec du fond de teint, du rouge à lèvres, des chemisiers à épaulettes et des pantalons à pinces. Pour eux, c'était plutôt des histoires de cœur, des maris trompés, des hommes avec des doubles vies, des femmes volages et/ou cocufiées, y avait les deux.

On entendit parler de Maman au-delà des frontières, jusque dans les bordels en Allemagne. Et Gina est arrivée.

Gina, c'était de la bonne femme, totale et magnifique. Une grande gueule que l'on pouvait entendre dès qu'elle avait poussé la porte de l'entrée, en bas de l'immeuble. Quand elle arrivait, et ça pouvait être vraiment à n'importe quelle heure, elle entrait sans frapper. Elle s'en foutait Gina. C'est pas qu'elle n'avait pas de manières. Avant de connaître Maman, elle allait régulièrement jusqu'à Paris pour voir Madame Soleil. Mais dans notre HLM, elle se sentait chez elle, ça lui rappelait des souvenirs. Maman ne pouvait pas l'envoyer chier. Elle était trop forte, avec sa chevelure de lionne et sa bouche orange, immense. Et surtout, elle lâchait du bifton. Elle ne lésinait pas. Pour elle, l'avenir, c'était important. Elle avait besoin de savoir. Elle avait un business à faire tourner. Ses visites à Maman, c'était un peu comme des points d'étape, des réunions avec son comité de direction. Quand c'était vraiment grave et qu'elle avait besoin d'y voir clair, elle venait seule, incognito. Quand elle avait fait un bon coup et que les affaires roulaient, elle arrivait avec ses filles.

C'est comme ça qu'elle disait. Elles ne pouvaient pas vraiment être ses filles puisqu'il y en avait des noires, des blanches, des jaunes et des marrons. Mais nous, on s'en moquait, on était mal placés pour lui jeter la pierre. C'était vraiment chouette, toutes ces filles super belles qui jacassaient dans notre salon. Un étalage de jambes, de cuisses, de mains, de poitrines compressées, excité par la perspective d'un avenir plus doux que seule Maman connaissait.

Ma petite sœur était complètement captivée. Elle les regardait comme des déesses descendues de l'Olympe. Les *dancing queens* sorties tout droit du clip d'ABBA. Elle aimait tout chez elles. Les vêtements bien coupés, les tissus, les couleurs, les coiffures, les cils recourbés, les traits d'eye-liner, les fards à paupières, les ongles peints, les bottes qui montaient très haut le long des jambes, les manteaux noués serrés à la taille.

Quand elle voyait la grosse Merco de Gina se garer devant l'immeuble, c'était presque mieux que le père Noël.

Gina, c'était sa bouée de sauvetage, son modèle. L'espoir.

Sa Lady Gaga à elle. Quand elle serait grande, elle serait comme Gina. Elle aurait sa bagnole, son fric, ses fringues et son pouvoir.

Elle ne deviendrait pas comme Maman. Plutôt crever. C'était sa prière à elle. Ne pas devenir comme sa mère. Ne pas se laisser maltraiter. Ne pas se laisser aller, devenir grosse et informe. Jamais. Être toujours belle, bien habillée. Prendre le fric là où il est. Prendre les hommes pour ce qu'ils sont. Ne pas leur faire confiance. Ne pas leur faire à manger. Ne jamais les attendre. Ne pas les aimer, ou alors juste ce qu'il faut. Mais toujours beaucoup, beaucoup moins qu'ils ne vous aiment. Rester vigilante avec ce putain d'amour qui vous tue comme un poison. Ne pas se laisser prendre au piège. Pas comme Maman. Garder le contrôle. Les tenir par la queue. Juste ça. Pas plus. À distance.

Avril

Je sors de chez moi, c'est le printemps. Il fait beau. Je lézarde dans les rues, le nez en l'air. Où vais-je vivre ? Dans quel quartier ? Comment sera mon nouvel appartement ? J'ai bien envie de changer de décor. Mon prochain boulot ? J'aimerais travailler dans le vin. Je vis dans le deuxième plus grand vignoble du monde. J'aime la cuisine et le vin. Le bon. Pas la piquette que buvait mon père. J'aime le vin, et ceux qui le font m'intéressent. Le grand-père de Sacha avait un petit bout de vigne. C'était inespéré, pour ce fils d'émigrés russes qui avait passé toute sa vie dans la vallée de la Fensch. Une retraite méritée, loin de la fumée noire des hauts-fourneaux, dans un village du Gers. Un lopin de terre avec quelques ceps dessus et, partout autour, un océan de tournesols, la gueule pointée vers le soleil. La taille, les vendanges, les parties de belote après le repas avec les copains. Ça le rendait heureux comme un Italien quand il a du soleil et du vin. Je l'aimais bien, cet homme. Surtout quand il me chantait *Les Yeux noirs*, une petite larme aux coins de ses yeux bridés. Je n'ai ni rage ni rancœur. Je ne suis pas aigrie, blasée, cynique. Je n'ai rien contre les hommes et rien contre l'amour. J'ai été aimée. J'ai besoin d'aimer. C'est le seul truc que je fais avec constance. Mon vrai boulot, c'est ça. Depuis toujours. Personne ne m'empêchera d'aimer. Ni le père de Sacha, ni le père de Lola. Ni ce connard de prince charmant, que je vais bien finir par flinguer. Non, personne ne m'en empêchera. Et je recommencerai. Les souvenirs, je m'en balance. Les regrets, je n'en ai pas. Ou alors, des tout petits. Je suis une amoureuse. « J'aime celui qui m'aime / Est-ce ma faute à moi / Si ce n'est pas le même / Que j'aime chaque fois ? » J'écoute la Gréco. Comme elle, j'suis toute nue sous mon pull, j'ai mon cœur à mon cou et le bonheur par en-dessous.

À qui le tour ? Pourquoi pas lui ? Non, pas lui, mais l'autre, là, avec ses yeux verts, pourquoi pas ? Côté plumard, c'est pareil. On va innover. C'est ce qui me plaît dans ce grand bouleversement. L'idée de pouvoir enfiler une nouvelle peau, devenir une autre. Je vais laisser parler mon corps, mon désir et mon imagination. Concocter des potions magiques, des huiles de massage. Devenir la plus belle des amantes, la plus grande des salopes. Être ce que je veux, quand je veux. Une ensorceleuse.

Un dernier tour de manège.

Ce n'est pas socialement correct.

Un divorce, c'est du chagrin. Une famille terrassée. Je sais. Je connais la chanson. Pardonnez mon enthousiasme, mais l'horloge fait tic-tac. J'ai tout fait comme il fallait. J'y ai cru dur comme fer. J'ai été patiente, ça a duré longtemps. La vie des rats, comme on dit chez moi. J'ai fait le tour de mon chagrin. Une fois dans un sens, une fois dans l'autre, et un jour, pffft ! terminé. Le chagrin, essoré. 1 700 tours/minute. Ça secoue. J'ai fait les goûters d'anniversaire avec les camarades de classe, les Noëls en famille avec les beaux-parents, les mariages, les baptêmes, les enterrements. La maison était propre, bien tenue. D'accord, je n'étais pas du genre à récurer la cuvette des toilettes à la brosse à dents, comme dirait ma grande sœur. Mais ça allait, c'était chaleureux. Je recevais les copains, les femmes des copains, les enfants des copains. Nos filles n'étaient pas trop mal dans leurs godasses et je faisais bouillir la marmite. Je n'étais pas bégueule. Jamais mal à la tête. Toujours partante. Même pour la turlutte dans la voiture sur la route des vacances. Non, vraiment, j'ai fait le job. Je l'ai bien fait. J'étais parfaite. Presque.

Alors oui, c'est triste. On morfle, on pleure. Et après ? C'est quoi, la durée du process ? C'est quand qu'on a le droit de remettre des pièces dans la machine ?

Réparer : faire disparaître un mal ou en atténuer les conséquences. C'est dans le Larousse. J'atténue.

Je veux bien prendre des gadins, me ramasser, mais que l'on ne vienne pas me chercher des poux dans la tête, parce que je me relève et je repars.

Quand je travaillais au Luxembourg, dans une société d'information financière de renommée internationale, j'avais un directeur marketing qui ressemblait vraiment beaucoup à ce qu'il était. Il ponctuait ses phrases par des « *you know* », en hochant la tête, comme les petits chiens en plastique posés sur les plages arrière des Simca, dans les années 1970. Un jour, il nous a tous convoqués en meeting pour nous annoncer que la société traversait une zone de fortes turbulences, et qu'ils allaient devoir délester sévère. Pour que la bande d'idiots que nous étions comprenne bien son propos, il a illustré son petit narratif en comparant notre situation à celle d'une femme battue.

Son « *storytelling* », qui n'était pas le sien mais sans doute celui d'un *cost killer* expert en optimisation, se voulait percutant. *Of course*. Une femme battue n'est pas battue du jour au lendemain. Il en connaissait un rayon, le gars. Non, non, non ! Cela s'installe doucement, insidieusement. D'abord, tout va bien. Son mari lui fait des bisous dans le cou et lui offre des fleurs. Et puis, avec le temps, ça se gâte. Il la regarde avec moins d'étoiles dans les yeux. Faut dire qu'elle a pris deux-trois kilos et le Pilates, ce n'est pas son truc, à la dame. Il se laisse aller à lui dire des choses pas gentilles-gentilles. La femme, qui n'a pas la chance d'être conseillée par un expert en extermination des gros bourrins, ne réagit pas, bien évidemment. Elle ne lui dit pas qu'il a pris du bide à force de s'enfiler des bières devant beIN SPORTS. Toute pleine d'amour et de compassion qu'elle est, elle laisse faire. Elle passe l'éponge. Normal, c'est son job. Elle se dit que ça va passer, qu'il est fatigué, qu'il a des problèmes au boulot. Avec toute la pression qu'il a sur les épaules, le pauvre chéri. Grossière erreur, manque d'anticipation. Zéro proactivité. Les choses s'enveniment. Son amoureux commence à l'envoyer bouler sérieusement. Il lui parle de plus en plus mal devant les copains. Il la rabroue devant les enfants. Mais la sotte ne réagit toujours pas. Elle reste attachée à ses vieilles croyances, enfermée dans ses vieux schémas. Irresponsable, elle laisse les choses se dégrader jusqu'au jour fatidique où, patatras, elle se prend un gros pain dans la gueule parce que le poulet du dimanche est trop cuit. Et voilà, c'est fini. *Too late, baby !* C'est ta faute, t'avais qu'à pas le laisser faire ! Fallait changer de paradigme dès les premiers signaux, c'est hypra important, le paradigme. Et les indicateurs, c'est pas fait pour les chiens, bordel ! Maintenant, c'est foutu. Tu vas te prendre dérouillées sur dérouillées, et ce sera comme ça jusqu'à ce que tu viennes grossir les statistiques des féminicides.

Fier de son petit laïus, l'expert en marketing a fait pivoter son tableau Velleda pour nous dévoiler la *punch line* de la nouvelle stratégie de l'entreprise : « *Slow death or brutal change* ».

Pour lui, pas question de se prendre des coups dans la gueule et d'attendre la mort lente. Les *key performance indicators*, il connaissait. C'était un homme courageux et responsable. Pour sauver son petit cul, son Audi de fonction, son pavillon à la frontière belge et ses tickets restaurants, il optait sans hésiter pour le *brutal change*. Merci patron. J'étais virée. Mais vivante.

Je pense souvent à ce con et aux conneries qu'on peut entendre dans les entreprises super cool au management horizontal. Celles où tout le monde s'aime et se tutoie, celles où l'on se retrouve à sauter à l'élastique du haut d'une grue pour prouver qu'on est « orientés résultats » et « focus sur la réalisation des objectifs ». Celles qui nous responsabilisent, nous autonomisent, nous individualisent, nous isolent. Pour augmenter notre productivité et notre compétitivité. Qui réduisent la température de notre corps jusqu'à faire de nous des animaux à sang froid. Je pense au pouvoir des mots. À la manière dont on les travestit, les manipule en entreprise pour nous rendre flexibles, adaptables, agiles, jetables. Comment tout cela transpire au-dehors pour nous faire admettre l'inadmissible.

Dona, dona, dona, do

Karim n'était pas en forme. Il ne travaillait pas beaucoup, et sa femme avait dû prendre un poste de femme de ménage au lycée technique. Il passait beaucoup de temps avec nous. C'était sa manière à lui de combler le vide et de nous tenir chaud.

L'hiver est passé, et j'étais contente de voir arriver les premiers rayons du printemps.

Un mercredi, après la classe, une surprise m'attendait chez moi.

Il était assis à la table de la salle à manger. Il était en visite dans le coin pour voir des clients, et il en avait profité pour prendre des nouvelles. C'était le frère du directeur du camp.

J'étais presque gênée de le voir chez moi. Il était très distingué dans son costume cravate, ça faisait bizarre à côté de ma mère qui épluchait ses pommes de terre. Je l'aimais bien. C'était un mec marrant, toujours prêt à faire ou à dire une connerie, et ça semblait amuser ma mère. Il n'est pas resté très longtemps, juste assez pour me donner son numéro de téléphone et me souffler à l'oreille qu'il ferait sûrement un autre camp d'ados, avec son frère, et que peut-être, si bien sûr ma mère était d'accord, je pourrais m'inscrire pour cet été ?

C'était inespéré. Comment expliquer un truc pareil ?

C'est son frère qui l'envoyait, c'était certain.

Il était resté silencieux tout ce temps, et là, boum, il venait me chercher. Vraiment, les prières, c'est un truc de dingue !

J'ai tanné ma mère pour repartir. Avec les bons de la CAF, elle a pu m'envoyer en vacances. C'était comme ça, les camps d'ados, un vrai lieu de mixité sociale, il y avait les très pauvres et les très riches. Ça faisait des étincelles ! Ceux du milieu ne pouvaient pas se les payer.

Juillet est arrivé. Le collège était derrière moi. J'avais eu mon brevet et on était à peu près débarrassés du vieux. On avait bien des nouvelles de temps en temps, surtout par Karim, mais ça allait mieux à la maison. Maman commençait à guérir, à reprendre le dessus. On avait passé l'année à lécher nos plaies comme de vieux chiens meurtris et, à force de grands coups de langue, on avait fini par cicatriser.

C'était bien. Et moi, j'avais un rendez-vous.

On s'est retrouvés au même endroit, sur le parking du Palais des Sports. J'ai vu mon moniteur qui était toujours aussi dingo et son frère, le directeur, pas très à l'aise, qui est venu me dire bonjour.

Je suis montée dans le bus, et bye-bye tout le monde, direction le soleil du Languedoc-Roussillon. Cette fois-ci, pas de mélodrame et pas de Témesta. J'avais appris les chansons de Ferré, de Maxime Le Forestier, de Brel et de Brassens. J'avais fait du chemin depuis l'été d'avant. C'était un camp sportif. Voile, tir à l'arc, spéléo, escalade, canoé, cheval. J'ai tout appris. Rien ne me résistait.

À part mon directeur.

Je m'étais plantée dans les grandes largeurs. Il était distant. Rien à voir avec le type qui m'avait raconté sa vie et qui m'avait offert mon gri-gri. J'avais dû me faire des films. Pas grave. J'étais bien quand même, et des tas de garçons me tournaient autour.

Je suis sortie avec l'un d'entre eux. Histoire de faire un dernier petit test avant de lâcher l'affaire. J'étais naïve, mais pas complètement débile. Ça n'a pas loupé. Le directeur a perdu les pédales.

Un soir, son frère est venu me chercher alors que j'étais dans ma tente. Il m'a sorti un prétexte bidon pour me conduire dans la tente marabout, qui servait de cuisine. Elle était plongée dans le noir. On n'y voyait pas à un mètre. Le directeur était caché là, derrière les frigos, il m'attendait. Le frangin n'est pas resté longtemps. Il a livré le paquet et il s'est barré. On s'est installés dans un coin, par terre, adossés au flanc du frigo qui ronronnait, les cagettes de raisin à portée de main. On a tapé dedans toute la nuit. On a beaucoup parlé. Il m'a embrassée et, juste avant que le camp se réveille, on s'est faufilé chacun dans sa tente.

Rien de plus.

La fin du camp est arrivée. On a fait le chemin à l'envers. J'étais triste. Il était inquiet. Il savait qu'il faisait une connerie en tombant amoureux d'une gamine de même pas quinze ans.

On est arrivés sur le parking. Toujours le même. Ma mère n'était pas là. Toujours la même. Il est resté avec moi jusqu'à ce qu'elle arrive. Elle l'a reconnu. Il l'a saluée. Elle n'a rien dit. Elle m'a laissée venir.

J'avais un plan pour le revoir. Il y avait un concert de Joan Baez pour la fête de la Mirabelle et, avec une copine, on a organisé notre virée à Metz. On devait partir avec son frère et des copains à lui.

Ma mère n'était pas très chaude à l'idée de me laisser partir seule. On ne vivait peut-être plus sous la tyrannie de mon père, mais il restait assez de vieilles connaissances à lui dans le quartier pour lui rapporter nos faits et gestes. Il n'était pas question qu'on vienne lui dire que sa fille se comportait comme une pute.

Entre l'Algérie et la France, allez savoir comment, les informations circulaient mieux qu'avec la fibre optique aujourd'hui, surtout quand il s'agissait de colporter des ragots et de dire des saloperies sur les uns et les autres ! Les vieux copains de Papa, qui croupissaient toujours dans leurs foyers de travailleurs, auraient été trop contents de lui dire que ses enfants tournaient mal depuis son départ. Et ça, ma mère, elle ne le voulait pas !

Je ne sais plus comment j'ai réussi à l'embobiner, mais j'y suis parvenue. Je suis partie à Metz retrouver mon amoureux. Je le revoyais enfin depuis le retour du camp.

Toute cette liberté, pour moi, c'était beaucoup. On n'est pas allés au concert de Joan Baez, on l'a entendu de loin. L'appartement de son frère était situé à côté du Parc des Expositions où elle chantait. On est restés dans son studio, tous les deux, tout l'après-midi, les fenêtres ouvertes, à faire l'amour. Joan Baez chantait « *Dona, Dona, Dona, Dona... Dona, Dona, Do...* ». Je la connaissais par cœur, je l'avais apprise en cours de musique.

C'était la première fois pour moi. C'était la fin des vacances. J'allais rentrer en seconde. Il avait trente-deux ans, j'en avais bientôt quinze.

Septembre est arrivé, je l'appelais en cachette de la cabine téléphonique du lycée. Il avait repris son poste de directeur d'école. Il venait me voir le mercredi, on se planquait. Je lui donnais rendez-vous au lac. On passait l'après-midi ensemble. Il repartait. Je racontais des craques à ma mère. J'étais heureuse. Je me sentais aimée et j'aimais, moi aussi. J'avais rempli le contrat, je ne sortais pas avec un mec du coin. Encore trois ans et je pourrais me tirer de cet endroit. La vie devant moi.

J'avais mis ma belle-sœur dans la confidence, et je pouvais l'appeler de chez elle quand mon frère n'était pas là. Ça a duré un temps. Karim s'est vite aperçu du manège, ça a même failli chauffer quand la facture de téléphone est arrivée et qu'il a vu tous ces appels sur le même numéro. Il a pensé que sa femme avait un amant. Il a fallu que je lui raconte dare-dare.

Karim ne s'est pas mis en colère. Il était soulagé pour lui mais préoccupé pour moi. Il a demandé à rencontrer le type qui lui coûtait cher en téléphone. On a organisé un rendez-vous au café de la Poste, en ville. Ils ont fait connaissance et Karim a trouvé qu'il était bien, même s'il tiquait un peu sur son âge. Mais bon, il était directeur d'école, il parlait bien et il avait l'air sérieux. Par contre, nous devions rester très discrets. Il ne voulait pas que cela fasse d'histoires, et surtout pas que cela arrive aux oreilles du vieux. Je pense qu'après ça, Karim a dû me préparer le terrain avec Maman. Il aurait fait n'importe quoi pour me montrer combien il m'aimait.

Lui ne guérissait pas. Il était toujours en colère contre mon père. La rage le mangeait de l'intérieur.

Le vieux marchait dans sa tête. Moi aussi, j'étais en colère, mais pas comme lui. Le salaud venait en cachette récupérer sa pension et s'en retournait, sans même chercher à nous voir. Moi, je n'y voyais rien à redire. Bien au contraire. Mais Karim ne le vivait pas de cette façon, il avait tellement honte. Chaque fois que le vieux faisait son petit numéro de passe-muraille, il se sentait encore plus humilié, plus méprisé. Ils en parlaient avec Maman. Elle essayait de le calmer, de le rassurer, même si elle l'avait mauvaise elle aussi. Elle lui disait qu'il n'avait pas à se sentir responsable à la place de son père. Qu'il n'avait pas de souci à se faire, qu'elle ne les mettait pas dans le même sac.

Mais ça ne servait à rien, il se laissait grignoter, jour après jour.

Ma haine me protégeait. J'avais toujours été un dossier compliqué, pour mon père.

À ma naissance, ma mère était fraîchement séparée de son premier mari. Si fraîchement que mon père n'est pas venu me reconnaître. Ils étaient amants, il ne vivait pas avec elle. Son chef de chantier lui avait dit que c'était inutile de se pointer à la mairie, parce que ma mère était encore mariée. Il a pris ça pour argent comptant et n'a pas donné signe de vie pendant plusieurs jours. Maman devait garder le lit. La sage-femme m'avait pété la clavicule et je faisais du sang. J'étais un grand bébé, je faisais mon poids. Elle en avait chié pour me faire sortir de là. Le temps de faire les vérifications d'usage et de se laver les mains, elle m'a embarquée direction l'hôpital. Quand les bonnes sœurs m'ont vue arriver, elles ont opté pour l'assurance tous risques, la complète, baptême et extrême-onction. Les voies du Seigneur sont impénétrables. Elles ont préféré lui recommander ma petite âme et me filer le passeport pour le paradis des bébés, au cas où. C'est peut-être pour cela que je passe mon temps à lui causer, à l'autre, en haut. Le futur ex-mari de Maman, qui passait par là, s'est dit que ce n'était quand même pas très convenable de me laisser ainsi sans patronyme. Il avait un petit côté chevaleresque. Il a poussé la porte de l'état civil et m'a reconnue.

Peut-être qu'il ne savait pas trop. Peut-être qu'il pensait que je pouvais être de lui ? Les séparations, ce n'est jamais facile. On hésite. Un pas en avant, un pas en arrière. Peut-être que Maman doutait elle aussi. Il avait son âge. Elle aimait sa peau, son corps mais elle savait dans quel merdier elle s'était foutue. Il était sanguin, buvait déjà trop et n'était même pas capable d'être auprès d'elle pour la naissance de sa fille. Je portais le nom de son premier mari et c'était peut-être mieux comme ça. Pour moi. Avec mes yeux noirs et mes cheveux frisés, sur mon état civil, je suis née d'un père Juif autrichien et d'une mère champenoise !

Dès le départ, mon géniteur a posé les règles du jeu. Il prendrait ses distances avec moi. Tant mieux, je pouvais prendre les miennes avec lui.

Déjà, toute petite, quand il m'asseyait sur la table en face de lui et qu'il me disait : « Quand tu seras grande, tu te marieras avec un Algérien ! », je le défiais, avec les yeux noirs qu'il m'avait donnés, et je lui répondais : « Non, un Français ! »

Je ne savais pas trop ce que ça voulait dire ces histoires de mariage, de Français, d'Algérien mais je sentais que je pouvais m'opposer à lui et que ça le mettait en colère. Je n'avais pas pris la mesure. Je n'avais pas encore peur. Il me maintenait assise, ses grosses mains entouraient ma taille, ses yeux noirs dans les miens et il répétait la même phrase, pour que ça rentre dans mon cerveau, pour que je me fasse à l'idée, mais je ne cédais pas. Je lui répondais inlassablement les mêmes mots : « Non, un Français ! » Sa colère allait crescendo jusqu'à ce qu'il me dégage par terre avec un « *Nardine kelbe* ».

Il n'était pas mon père. Je n'étais la fille de personne. Ni de lui, ni de l'autre. Je n'avais pas besoin de ces hommes.

Pour mes petits frères et ma sœur, ce n'était pas pareil. Surtout pour ma petite sœur. Il avait passé son temps à la cajoler, Mizouzou par-ci, Mizouzou par-là. Elle était sa petite *sheitan*, son petit *djinn*. Il achetait des chewing-gums ou des croissants qu'il lui refilait à travers le grillage de l'école, à la récré. Avec elle, il avait été tendre et attentionné. Elle n'avait rien compris quand il était parti avec ses valises pleines de bonbons et de cadeaux qui n'étaient pas pour elle.

Elle était restée un moment comme ça, sidérée, le regard vide. Le corps appuyé contre la porte de la chambre, balançant sa petite tête dans un léger mouvement de métronome.

Karim savait tout ça. La honte et le chagrin lui mangeaient le cerveau.

Depuis qu'on vivait seuls avec notre mère, un rituel avait été instauré. On pouvait dormir avec elle. Chacun son tour. Et quand on avait fait une connerie ou qu'on voulait lui demander un truc particulier, on sortait un joker.

Ce soir-là, j'ai demandé à ma mère si je pouvais dormir avec elle. J'avais quelque chose à lui dire. On s'est retrouvées dans son lit toutes les deux. Elle dormait toujours du même côté. Elle nous tournait le dos et on pouvait se coller à elle. Accrochés comme des morpions.

Ça permettait aussi de lui parler plus facilement et de ne pas avoir à affronter son regard. Valait mieux, même dans le noir.

Je lui ai tout raconté. L'histoire avec le directeur, la chaîne en or, l'embrouille avec ma copine pour le concert de Joan Baez, mon après-midi chez le frangin. Elle m'a laissée parler. Elle savait écouter. C'est rare, les gens qui savent écouter. Elle ne m'a pas engueulée, elle ne m'a pas fait la morale, ce n'était pas son style. Elle ne m'a pas posé trop de questions non plus. Karim était passé par là, et elle en savait déjà beaucoup. Elle était comme ça, Maman. Elle ne sortait jamais de sa cuisine mais rien ne lui échappait, elle était toujours au courant de tout.

Elle m'a juste dit qu'on irait voir le médecin ensemble, pour la pilule. Et que, la prochaine fois que mon gars se pointerait devant le bloc, il aurait intérêt à monter l'escalier pour venir la voir. Elle avait deux mots à lui dire. Je n'étais pas rassurée, je savais bien qu'elle allait le passer au scanner. Mais j'avais confiance en elle. Elle était plus vieille que les mères de mes copines, elle n'était peut-être pas très sortable avec son gros ventre, elle n'avait pas eu la chance de tomber sur de bons maris, comme disaient ses copines, mais elle avait su grandir avec ses enfants.

Le lendemain, on est allées chez le médecin.

L'encre de mes yeux

Le mercredi d'après mon directeur a grimpé l'escalier. Je l'ai conduit dans la cuisine, Maman était en train de laver sa salade. La salade, il faut toujours la laver trois fois, à grande eau. Elle a pris son temps avant d'attraper le chiffon qui traînait à côté d'elle pour s'essuyer les mains et lui serrer celle qu'il lui tendait. Elle l'a regardé de haut en bas. Personne ne l'impressionnait. Le président de la République serait entré dans sa cuisine, elle aurait fait pareil. Mon directeur, c'était de la roupie de sansonnet, comme elle disait. Ce type de trente-deux ans avait mis le grappin sur sa gamine, tu parles d'un exploit. Elle lui a proposé un café, ils se sont installés dans la salle à manger. Elle m'a demandé d'aller voir ailleurs si elle y était. Ce n'était pas le moment de la contrarier. Je suis allée dans ma chambre. C'était une discussion entre adultes. Avec mes quinze ans à peine, je ne faisais pas le poids.

Il est ressorti de son entretien un peu sonné, mais ça allait. Il m'a dit en rigolant que c'était une sacrée bonne femme et qu'il avait intérêt à se tenir à carreau. J'ai confirmé. Maman n'est pas rentrée dans le détail avec moi, elle ne m'a pas convoquée dans son lit ce soir-là. Elle a juste instauré quelques règles. Il pouvait venir me voir. Je pouvais aller de temps en temps chez lui. Mais pas systématiquement. Je ne devais pas manquer l'école, et je devais travailler pour avoir mon bac. J'étais la seule de ses gosses à être allée jusqu'au lycée. Pas question de laisser tomber maintenant. Dans sa ville, je pouvais me balader sans crainte avec lui. Dans notre bled pourri, pas question. Discrétion absolue. J'étais trop jeune. Si mon père l'apprenait, il serait trop content de lui mettre à la figure que sa fille était une *karba*. Et interdiction de traîner dans les cafés. C'était le pacte. Je devais tout lui dire. Pas de secrets, pas de coups foireux derrière le dos. Transparence totale. J'ai signé. Mes frères aînés lui ont fait quelques remarques quand ils ont su que je sortais avec un type de dix-sept ans de plus que moi. Elle leur a répondu qu'au moins, elle savait avec qui j'étais et ce que je faisais. Ce n'était pas pire que de m'amouracher d'un jeune péquenot du coin qui m'aurait pas bien traitée, assez con pour me mettre un polichinelle dans le tiroir. La belle affaire ! Au moins, le vieux, elle l'avait à l'œil. C'est vrai qu'il avait intérêt à faire attention à son matricule, le directeur, elle aurait pu l'envoyer en prison en un claquement de doigts. Pas folle, la guêpe.

J'allais au lycée, je répétais *L'Ours* de Tchekhov. J'écoutais Lavilliers en boucle. Maman allait beaucoup mieux. L'appartement était propre et bien arrangé. Elle avait retapissé chacune des pièces, les unes après les autres, et elle avait même fait installer une belle baignoire dans la salle de bains. Elle était contente. Moi aussi. Surtout quand elle a fait installer le téléphone.

L'été est arrivé et j'ai refait un camp d'ados avec mon directeur. Je dormais dans la même tente que lui. Personne n'y a trouvé à redire.

Automne 1982, le lycée. Classe de première. Seize ans.

Les règles se sont assouplies. Mon amoureux venait me chercher les vendredis soir à la sortie des cours. On passait à la maison, je récupérais mes affaires et on partait chez lui pour le week-end.

Au lycée, on me trouvait intéressante, mystérieuse, excitante. Je ne partageais rien de la vie de mes camarades, ils ne savaient rien de moi. La distance, toujours. Mon indifférence excitait leur curiosité malsaine. Ils me voyaient m'engouffrer dans une Renault 5 chaque fin de semaine et revenir les lundis matin. Ils n'avaient aucune prise sur moi. Rien. Pas la moindre petite entrée pour s'immiscer dans ma vie.

La leur ne m'intéressait pas. Ils ne m'intéressaient pas. Ils étaient hors course. Jamais aucun d'eux n'aurait pu me donner ce que j'avais depuis deux ans.

Ce que je vivais était bien au-delà de ce qu'ils pouvaient imaginer.

Ils le savaient, et ça ajoutait encore du piment à l'affaire.

J'étais l'objet de tous leurs phantasmes. De toutes les jalousies. Les garçons de terminale voulaient coucher avec moi. Je devais être trop bonne. Ça les excitait de me savoir avec ce type de trente-trois ans. Je devais savoir faire des choses inimaginables au lit. Ils étaient plus d'un à se chatouiller en pensant à moi. Mais macache, rien. Je me l'étais promis. Jamais je ne coucherais avec un mec de cette ville, de ce trou à rats. Jamais. Ce n'était pas dans le plan. Surtout pas. C'était une question de survie. Ils n'auraient rien. Même pas un petit bout de ma langue.

Les filles ne me lâchaient pas non plus. Elles voulaient être mon amie, me connaître. Je découchais tous les week-ends avec l'accord de ma mère. Elles en parlaient à leurs parents, qui devaient certainement me traiter de petite pute. Je n'étais pas un exemple, mais j'étais difficile à catégoriser. J'étais assidue aux cours et je travaillais bien à l'école. Je ne prenais pas de drogues, même pas une petite taffe sur le joint qui tournait à la fin des cours, devant le lycée. Je ne sortais pas en semaine. J'animais le club théâtre et les profs m'aimaient bien. Compliqué.

À la maison, c'était carrément bien. Maman avait repris contact avec sa sœur cadette, celle qu'elle avait envoyée aux États-Unis. Elle y était toujours. Maman était heureuse, sa sœur lui proposait de venir la voir juste après Noël, elle lui payait le billet pour Baltimore. On ne parlait que de cette tante d'Amérique, qui avait deux restaurants français et qui vivait seule. Elle n'avait pas de famille et n'avait jamais eu d'enfant. Maman en avait plein, elle pouvait mutualiser. On pourrait tous partir en Amérique. Maman l'aiderait à gérer son restaurant, nous, on pourrait travailler dedans, et tout le monde serait content.

Mes week-ends, je les passais à Metz avec mon directeur d'école. Je connaissais ses amis, sa famille. Son fils. J'aimais me retrouver dans son appartement, seule avec lui. Quand on arrivait le vendredi soir, il avait rempli le frigo d'avocats et de yaourts rien que pour moi. Je rentrais dans une dimension où je prenais corps. J'étais désirée, aimée, photographiée. Une dimension de l'intime que je ne connaissais pas. Je connaissais la promiscuité, les lits partagés, la solitude, mais pas l'intimité. À seize ans, je vivais deux vies dans des dimensions parallèles. Cela me plaisait, cette idée d'être double. Toujours ce sentiment de ne pas habiter mon corps, de me regarder vivre d'un petit peu plus haut, d'être comme un petit nuage de gaz, en suspension, juste au-dessus de moi-même. J'étais une maîtresse qu'on sortait au cinéma, au restaurant, le week-end. Je redevenais une enfant le dimanche soir. Cela ne me demandait pas beaucoup d'efforts. Être avec lui, c'était simple. En revanche, c'était plus compliqué avec ses amis, et surtout ses amies.

Les deux tiers des filles qu'il connaissait avaient couché avec lui. L'autre tiers était toujours en service. Donc, inévitablement, cela créait des tensions. Je ne savais rien de tout ça. Je ne comprenais pas ce qui se passait la moitié du temps. Leurs questions étaient légitimes. Que pouvait-il bien faire avec une gamine ? J'essayais de donner le change. J'étais fière, mais elles avaient raison. Je ne faisais pas le poids. Il était entouré de futures infirmières et d'assistantes sociales. Il en sortait de partout. Chaque week-end, j'avais droit à de nouvelles têtes. De nouvelles partenaires de tennis, des copines de copains. Des filles qui me dessoudaient du regard pendant toute une soirée, et qui finissaient par s'en aller en claquant la porte.

C'est son ex-femme qui m'a remis les pendules à l'heure. Un samedi après-midi, me sachant seule alors que notre trentenaire bien dans son corps était à son entraînement de rugby, la dame a sonné à la porte pour me débriefer. Elle était gentille, pas belliqueuse, elle savait que je n'étais pas très armée. Elle aussi l'avait rencontré très jeune, et elle voulait me mettre en garde. L'entrevue a été riche d'enseignements.

À son retour, j'ai raconté la petite visite surprise à mon athlète. Les histoires croustillantes que son ex-femme m'avait gentiment rapportées à l'heure du thé. Bien évidemment, tout était faux. Cette femme était jalouse. Elle lui voulait du mal. Elle ne supportait pas d'avoir été quittée et remplacée par une autre, aussi belle et aussi jeune. Il n'aimait que moi. Jamais il ne m'avait trompée depuis qu'il m'avait retrouvée. Pourquoi aurait-il attendu aussi longtemps ? Pourquoi aurait-il fait tout cela ? À chaque moment, il risquait de perdre son boulot. Il risquait la taule. Elle crevait de jalousie. Le monde entier crevait de jalousie. Et moi, je tombais dans le piège. J'étais prête à tout foutre en l'air sans réfléchir une seconde, à donner raison à ceux qui nous voulaient du mal. Comme dans la chanson de Cabrel. Il la connaissait par cœur. *L'Encre de tes yeux*. Il l'écoutait en boucle ou prenait sa guitare pour me la chanter. Son regard s'embuait de larmes. C'était grisant pour moi de le voir malheureux. Je pouvais lui faire mal. J'avais le pouvoir de le détruire, de tout casser. Il se sentait impuissant devant cet amour impossible. Je le rendais fou.

Je le croyais.

Il ne m'en fallait pas plus pour lui pardonner.

Au fil du temps, j'ai pris pour habitude de ranger dans un petit coin de ma tête les histoires que sont venues me raconter les femmes à qui il avait menti. Méthodiquement.

Mai

Hier, je me suis laissé tenter.

C'était dimanche. Il faisait moche. Les saints de glace. Le petit hiver. Sacha était partie tôt chez une copine pour la journée. Je me suis recouchée après son départ et j'ai flemmardé au lit la matinée entière. C'est quand je suis sortie de ma chambre que je l'ai vu. Il était allongé sur le canapé, la bite à l'air, clairement inspiré. Sur le coup, j'étais un peu déstabilisée par la scène. Jamais, depuis l'annonce de notre séparation, il ne s'était permis ce genre de provocation. Depuis des mois, nous avions renoncé à toute intimité. Nous avions remballé nos corps, chacun confiné dans sa chambre. J'ai repris mes esprits et j'ai traversé le salon en faisant mine de ne rien remarquer. Je suis allée dans la cuisine pour me faire un café. J'ai pris une tasse, mis la capsule dans la machine, appuyé sur le bouton. Je savais qu'il tendait l'oreille et qu'il imaginait chacun de mes gestes. J'ai pris mon temps. Le temps de laisser fondre le sucre au fond de la tasse, le temps de faire des tourbillons avec ma petite cuillère. Le temps de laisser monter la mousse. Nous étions seuls. Il voulait jouer. J'étais libre. Libre de baiser avec cet homme que je n'aimais plus. J'ai hésité. Un peu. Le ciel nous tombait sur la tête. J'aime faire l'amour en écoutant l'orage. Sans doute le souvenir des saisons des pluies en Afrique. Quand les trombes d'eau s'abattent sur les toits en tôle ondulée. Un boucan d'enfer.

Et puis merde.

Juste envie de m'empaler sur son sexe tout dur. Me remplir.

Il veut jouer. On va jouer.

J'ai bu mon café et je suis passée au salon.

Je ne sais pas à quoi il pensait. Ou plutôt, si. Je sais. Il a dû se dire, c'est bon, je la tiens. Ce n'est pas mort. Tous les hommes sont comme ça. Tant qu'ils vous baisent, ça roule. Il n'y a pas de souci à se faire. Un truc de propriétaire.

Il a certainement pensé ça. Pas moi.

Je n'ai pensé à rien. Juste à prendre du plaisir. À profiter de sa queue. J'étais seule avec moi. Dans moi. J'ai gardé les yeux fermés. Les yeux parlent trop. Je n'avais rien à dire. Aucun message à faire passer.

J'ai joui. Silencieuse. Seule. Je n'avais plus besoin de personne pour ça non plus. J'ai ouvert les yeux. Il m'a souri comme on sourit à quelqu'un qu'on est heureux de retrouver. Je ne lui ai pas rendu son sourire. Je ne me suis pas allongée contre lui. Non, ce n'était pas reparti pour un tour. Je me suis levée pour aller prendre une douche, je me suis habillée et je suis sortie marcher jusqu'à la mer. Là où elle tabasse quand il fait tempête.

On nous raconte toujours les premières fois. Pourtant, elles ne sont jamais vraiment cosmiques. À moins d'être dans un trip bestial, sous une porte cochère ou dans un ascenseur avec Javier Bardem, ça décoiffe rarement. La première fois, il caresse mal, trop peu, trop fort ou pas assez. Trop rapide ou trop long. La bouche. Les baisers. La langue qui s'enfonce jusqu'à vous chatouiller les amygdales, qui se fait aventureuse, qui s'attarde sur le bout des seins, parfois descend le long du ventre, et puis badaboum, elle bloque, s'égare et peine à trouver le clitoris. La peau, c'est important la peau. Le grain. L'odeur. Toutes les peaux ne fonctionnent pas ensemble. Un corps, ça se découvre, ça s'apprivoise, ça prend du temps. Au début, on se tâte, on se renifle, on est poli, on fait semblant. On se dit que ce sera mieux la prochaine fois.

Les dernières fois, c'est une autre histoire. Pour peu qu'elles soient assumées, conscientes, elles sont autrement plus chargées.

Derniers baisers, dernières caresses, dernières pénétrations avant fermeture définitive. On oscille entre bilan et perspectives, ou opération coup de balai. C'est selon.

Je suis un peu psychorigide. Vierge ascendant Vierge. Ça s'explique. Pour recommencer, je dois finir. Vider le vase. Clore le dossier. Sinon, ça me travaille. Au boulot, c'est pareil. J'aime cocher les petites cases sur ma *to-do list*.

À vingt-six ans, quand j'ai quitté le père de Lola, j'étais déjà comme ça. Le retour en France avait été compliqué. J'avais organisé. Rendez-vous chez l'avocat, séparation, divorce et tout le toutim. Lui ne voulait rien entendre. Je ne sais pas si c'est le changement de latitude ou la traversée des mers, mais le type était anéanti. En quelques heures, il était passé du principe de plaisir au principe de réalité. Le toubab au 4 × 4 rouge, toujours à l'affût, toujours prêt à dégainer son sgueg, celui-là même qui m'avait dit, philosophe, qu'on avait sans doute fait notre bout de chemin ensemble en se curant les ongles des doigts de pied, n'en menait pas large. Don Giovanni faisait dans son froc à l'idée d'annoncer à sa maman qu'il avait tellement fait le con que sa femme se tirait.

J'étais assez décontenancée de ce changement d'attitude. Cela faisait des mois qu'on ne partageait plus rien, qu'il se comportait comme un porc, et maintenant, il me suppliait de jouer le couple idéal pour faire bonne figure devant belle-maman. Il avait besoin de temps. Il lui dirait le moment venu. Il ne voulait pas lui faire de peine.

Je n'étais pas contrariante. Tant qu'il me fichait la paix, j'ai joué le jeu. On a donné le change quelques semaines, sans grande conviction. Mais la belle-mère, qui connaissait bien son monde, a très vite compris.

Surtout quand je lui ai annoncé que j'avais trouvé du travail.

Ce fut un drôle d'été. Je rentrais le soir, dans la maison qu'on avait achetée deux ans auparavant. Il faisait des barbecues dans le jardin, invitait des copains, riait fort. Lola était heureuse. Il essayait de gagner du temps. Pas de souci, je m'adaptais, réglais mon pas sur le sien. Je jouais ma partition. Vierge ascendant Vierge. Organisée. Tempérée. Patiente.

J'attendais septembre. Qu'il parte.

Il avait encore deux ans à faire sur son île. Merci, mon Dieu. Qu'il dégage.

On dormait dans le même lit. Ça ne changeait rien pour moi. Déjà, bien avant de rentrer en France, nous dormions l'un à côté de l'autre sans nous parler, sans nous toucher. Je me calais dans un coin, je lui tournais le dos et basta. Sous le ciel d'Afrique, cela ne le dérangeait pas. Il avait tant à faire ailleurs. Mais depuis notre retour en France, c'était plus risqué. À chaque occasion, il tentait une percée. Je le repoussais. Distante. Jusqu'à la veille de son départ.

Ce soir-là, il a recommencé. C'était notre dernière nuit. L'ultime. Ma dernière nuit avec l'homme qui partageait ma vie depuis mes quinze ans. Le seul, l'unique. Celui avec qui j'avais pris la fuite. Qui m'avait vue grandir. L'homme que j'avais aimé, qui m'avait sauvée. Celui qui m'avait trahie. Qui m'avait servie aussi.

J'avais deux-trois choses à vérifier avant de finir. Avec qui d'autre que lui ? Quel meilleur cobaye pour expérimenter cette version 2.0 de moi-même ? Étrangement, nos rapports sexuels avaient toujours été très convenus. Voire carrément ennuyeux. Il m'avait fallu longtemps avant d'avoir un orgasme. Je faisais semblant. Pour un homme qui a passé sa vie à compter ses conquêtes, cela peut sembler surprenant. Mais, à bien y penser, pas tant que cela.

Cette dernière nuit, je l'avais préparée.

J'avais quelques dossiers à boucler avant qu'il s'en aille.

Il restait des zones d'ombre dans notre histoire.

Accessoirement, si je pouvais le faire souffrir un peu, c'était tant mieux. Pas avec des coups, des pleurs ou des reproches. Juste avec des regrets. C'était un prédateur, ses pulsions avaient toujours occupé une place de choix dans son existence. Il n'avait jamais hésité à mentir, à trahir, à blesser pour les assouvir. Qu'à cela ne tienne. Je serais comme lui. Et je le ferais si bien qu'il ne s'en remettrait pas avant longtemps.

En vérité, je n'étais pas si sûre de moi, mais l'idée m'excitait assez. Après onze années passées dans son lit, j'allais enfin vivre ma première vraie expérience sexuelle. Consciencieuse. Investie dans ma mission.

J'ai donné tout ce que j'avais lu, tout ce que j'avais fantasmé, tout ce que je pensais être sensuel, érotique, sexuel. Une nuit de déglingue. Il était heureux. Il ne m'avait jamais vue comme ça. Il me disait qu'aucune femme, désormais, ne le détournerait de moi. J'étais mille femmes en une seule. Une révélation. La promesse d'un nouveau départ. Rien ne pourrait plus nous atteindre. Blablabla. Je l'ai laissé déverser sa soupe pendant quelques minutes. Je l'ai laissé s'imprégner de ce nouvel avenir, et je lui ai fait comprendre que, pour cela, il devait être sincère, me raconter chacune de ses trahisons, chaque femme. Que c'était important pour nous. La condition *sine qua non*. Il a hésité. En bon chasseur, il a senti le piège. On ne se défait pas comme ça de ses réflexes de tricheur. Mais il s'est lancé. Il a vidé son sac dans nos draps. Toute la nuit. Dans les moindres détails. Parfois, cela faisait encore un peu mal. Surtout quand il me parlait des premières, celles qu'il avait eues quand j'étais encore gamine. Ou quand j'attendais Lola. Ça dégoûte encore, même longtemps après. Je ne laissais rien paraître. J'écoutais, je relançais, je complétais, je vérifiais.

Il débitait les noms des filles comme on égraine un chapelet. Une longue prière rédemptrice. Pour moi, chaque prénom avait le bruit sourd des pelletées de terre qui s'écrasent sur un cercueil. Bientôt, le bruit disparaîtrait. Notre histoire serait totalement ensevelie. Enterrée. Ce serait fini.

Le soleil s'est levé. Il se sentait léger. Il croyait en nous. En lui, surtout. J'étais la femme de sa vie. Il en était certain. Son long monologue l'avait débarrassé d'un poids énorme. Il m'en remerciait. Il avait fait le con. Il avait failli détruire sa famille. Il s'en rendait compte, maintenant. Il ne recommencerait plus. Jamais.

C'est ça. Il me prenait vraiment pour une conne. Il croyait vraiment que j'allais avaler son baratin ? Lui donner l'absolution, avec tout le foutre qu'il venait de me balancer à la figure ?

J'avais besoin de savoir ce qui s'était passé dans l'arrière-boutique de ma vie pendant toutes ces années.

De m'assurer que tout ce chagrin n'avait pas été totalement inutile. Il m'en avait donné bien plus que je n'en demandais.

Il m'avait enfin dit qui il était. Il n'était pas ma famille.

Qu'est-ce que je pouvais en avoir à cirer de sa rédemption ?

Le costume

Les vieux démons étaient revenus. Cela faisait quelques jours que je les sentais arriver. La semaine précédente, j'avais eu un flash juste avant de m'endormir. Une image terrifiante qui m'a sortie illico de mon état de semi-conscience. Connasse, comment peux-tu penser à des trucs pareils ?

Ce matin-là, j'avais cours à 10 heures. Je me suis réveillée à la dernière minute, comme d'habitude. Je suis passée à la salle de bains. Mes cheveux étaient tout ébouriffés. J'en avais marre de ces cheveux frisés. J'aurais voulu qu'ils soient lisses, disciplinés. Pour que la boucle soit belle, il aurait fallu que je les lave tous les jours. Je n'avais pas le temps. Je les mouillais rapidement sous le robinet d'eau tiède. Il faisait froid, ce mardi 30 novembre. J'ai à peine pris le temps d'avaler un café au lait et je suis sortie de chez moi. Dans l'escalier, je suis tombée sur Karim. Il était matinal. Trop.

Rien ne tournait rond depuis la veille. Je savais pourquoi.

Le loup était revenu. Cette fois, il n'avait pas fait un aller-retour incognito. Je l'avais croisé en rentrant du lycée, vers 18 heures. Je montais l'escalier quatre à quatre et j'ai vu sa silhouette devant moi. Il m'a entendue arriver derrière lui. Il s'est retourné.

L'escalier. Notre système nerveux central, notre névraxe. Le lieu de toutes les rencontres, de tous les échanges. L'espace de communication, de redistribution. Le dedans-dehors. Le territoire neutre. L'issue de secours. On y croisait toutes sortes de gens. Des marchands de tapis, des grands-mères, des huissiers, des maris bourrés, des diseuses de bonne aventure, des anges, des amoureux, des enfants, des mères chargées comme des mules, des moutons pour l'Aïd el-Kébir, des putes soucieuses de leur avenir.

Des loups qui revenaient pour finir le travail.

Il a fait mine d'être content de me voir. Pas moi. J'ai dû l'embrasser, faire semblant. Il avait perdu de sa prestance. Il ressemblait de plus en plus à ces blédards dont il se moquait avant. Ceux qui montaient leurs pantalons trop haut et qui portaient des chemises à carreaux en synthétique. Il allait chez Karim. Il s'était installé chez lui. Personne n'avait été prévenu de son arrivée. Karim ne savait pas non plus. Il nous l'aurait dit.

Depuis son départ, il s'était arrangé pour ne pas nous revoir. Mais là, il n'avait pas le choix. Il avait besoin de Karim. Il était obligé de conserver un compte en France et une adresse de domiciliation, sans quoi il pouvait se faire sucrer sa carte de séjour, et peut-être même sa pension. Au début, Maman avait bien essayé de lui prendre un peu de pognon, mais le banquier n'avait rien voulu savoir. Bien sûr, il connaissait sa situation et il compatissait, mais il ne pouvait rien y faire. Elle n'avait pas de procuration. Le fric de mon père pouvait dormir peinard.

Ma mère nous élevait avec l'argent de la CAF. L'allocation demi-orphelins. On était invariablement des demis de quelque chose. Demi-frère. Demi-sœur. Demi-arabe. Demi-juif. Et maintenant, demi-orphelin.

Ma petite sœur continuait à se faire des films. Quand Papa reviendra, il m'achètera un vélo. Quand Papa reviendra, il m'achètera une robe. Elle espérait qu'il revienne, juste pour elle. Les bras chargés de cadeaux. Qu'il lui donnerait des sous. Elle l'a attendu longtemps.

Rien. Jamais rien.

N'importe quel Chaoui qui revenait du bled aurait rapporté trois dattes dans ses valises. Pas lui. Il n'avait rien à donner. Il était là pour prendre.

C'était la première fois qu'il venait dormir chez Karim. Jusque-là, il n'avait pas osé. L'idée de venir s'installer pour quelques jours juste au-dessus de nos têtes devait l'exciter.

J'ai mal dormi. Il avait toujours le même effet sur moi. Mon corps se rappelait. Me retrouver face à lui, sentir sa présence suffisait à me tordre le ventre. Je pensais lui avoir réglé son compte. Il s'en était passé, des choses, depuis son départ. S'il avait su, il n'aurait pas été très fier de moi, et c'était très bien comme ça. J'aurais aimé lui faire le pitch de ma nouvelle vie : Au fait, je ne t'ai pas dit mais ta fille se fait sauter assez régulièrement par un type de dix-sept ans de plus qu'elle. Elle fume. Elle sort et elle fait absolument tout ce qu'elle n'aurait jamais pu faire si tu étais resté là.

J'aurais aimé lui dire tout ça dans l'escalier au lieu de l'embrasser. Mais pas un son n'est sorti de ma bouche. Il était comme ces monstres que l'on imagine dans nos cauchemars d'enfant, planqués sous le lit ou en embuscade dans l'encoignure de la porte. Comme ces présences terrifiantes que l'on sent rôder dans la chambre et qui nous empêchent d'ouvrir les yeux.

Le monstre était de retour, et je me suis remise au travail.

« Notre Père, qui es aux cieux, que Ton nom soit sanctifié, que Ton règne vienne, que ta volonté soit faite sur la terre comme au ciel. Donne-nous aujourd'hui notre pain de ce jour. Pardonne-nous nos offenses, comme nous pardonnons aussi à ceux qui nous ont offensés. Ne nous laisse pas entrer en tentation, mais délivre-nous du mal. »

Mon Dieu, on ne s'en débarrassera jamais. Ça ne marche pas, ton truc, là, il reviendra toujours. S'il te plaît. Il faut qu'il crève.

Karim avait l'air fatigué, lui aussi. Il n'avait pas bien dormi. Je lui ai raconté ma rencontre de la veille dans l'escalier. Il n'était pas à l'aise, le vieux lui avait labouré le cerveau jusque tard dans la nuit.

On a marché ensemble, lui avec son mal-être qui lui pesait sur les épaules, moi avec ma peur des monstres et mes cheveux mouillés qui gelaient littéralement sur ma tête.

Il ne disait rien, j'ai dû lui tirer les vers du nez.

— Qu'est-ce que tu fais dehors à cette heure-ci ? Tu vas en ville ?

— Oui, j'ai un rendez-vous à 10 heures et demie.

— T'es malade, tu vas chez le docteur ?

— Non, au PMU. Il m'attend. Il veut me parler.

— Sans Gaëlle. Il va rester longtemps ?

— Non, il est venu chercher ses sous.

Il n'y avait pas un chat dehors, le sol était couvert d'une fine couche de gel qui le rendait brillant. J'étais captivée par les minuscules étoiles emprisonnées sous la glace.

— Pourquoi il veut te parler ?

— J'sais pas. Peut-être que c'est à cause de l'oncle.

Je n'ai pas répondu. Je ne voulais pas savoir. J'en savais déjà trop. Il s'est remis à parler.

— Il veut que je lui achète un costume. C'est lui qui m'a élevé. Depuis que je suis en France, je n'ai jamais été capable de faire un geste.

Je pensais à ce type, à ce que Karim nous racontait de lui. Son cou de taureau, les beignes qu'il lui mettait.

— Mais t'as pas de fric.

— Je sais.

On était arrivés devant mon lycée. Je lui ai dit :

— Tu remontes vite, hein. Ne reste pas avec lui.

— Oui.

— Tu me l'jures sur la tête de Maman ?

— J'te l'jure.

Je l'ai laissé partir mais je n'étais pas tranquille.

La prof de math a fait la gueule. J'étais en retard.

Je me suis installée dans le fond, près de la fenêtre.

Je cherchais un signe dehors pour me rassurer. J'étais trop loin pour apercevoir les petites étoiles coincées dans le bitume.

Mes cheveux se sont mis à décongeler tranquillement.

De grosses gouttes tombaient sur mon cahier de math, anéantissant définitivement mes espoirs de comprendre les équations à plusieurs inconnues.

La matinée s'est passée comme sur un nuage. Un nuage bien noir, prêt à péter. Je suis rentrée à la maison à midi pour manger, et surtout pour prendre la température. Karim n'était pas là. Sa femme était partie bosser. La petite était restée chez nous.

On a mangé nos frites sans trop parler. Je n'ai rien dit à ma mère de ma conversation avec Karim. Je suis retournée au lycée. Trois heures de cours interminables. À 17 h 30, j'ai refait le chemin à l'envers. Tout était calme. Pas de monstre dans l'escalier.

En ouvrant la porte, j'ai reconnu la voix de Gaëlle. Elle était dans la salle à manger.

Maman était installée à sa place au bout de la table. Gaëlle était assise à sa droite. Elle venait de lui faire les cartes.

Ce n'était pas bon signe.

Karim est arrivé une heure après moi. Il est resté debout, comme s'il n'était plus certain d'être le bienvenu. Il était bizarre. Il nous a parlé de sa journée. Il avait beaucoup discuté avec son père. C'était difficile pour lui, le vieux lui avait mangé la tête avec ses reproches. Surtout par rapport à son oncle. Il répétait ce qu'il m'avait dit le matin. Que là, encore une fois, le vieux allait rentrer en Algérie, et qu'il aurait honte parce qu'il n'aurait rien à offrir à son frère de la part de Karim. Que chaque fois, c'était la même chose, que le vieux disait que c'était à cause de Gaëlle, qu'elle lui montait la tête et qu'elle l'avait trop éloigné de sa famille, là-bas. De son oncle, de sa sœur qui était restée en Algérie alors que lui avait eu la chance de venir et de faire sa vie ici.

Il ne voulait pas que l'on pense ça de Gaëlle. Que Zora pense ça de Gaëlle.

Karim parlait, parlait. Impossible de l'arrêter. Impossible de lui répondre, de l'interrompre. Il ne fallait surtout pas. Un mot de nous et tout s'écroulait. Il devait raconter jusqu'au bout, pour que l'on comprenne bien. Qu'on ne le juge pas trop vite. Il avait les yeux humides. Il nous racontait sa traîtrise, sa lâcheté. Son cul entre deux chaises. On devait se mettre à sa place, il avait fait ce qu'il fallait. Maman, Gaëlle et moi, on l'écoutait. On attendait. Il a fini par cracher le morceau. Après s'être fait bourrer la tête toute la matinée, il était parti dans une boutique de fringues pour hommes qu'il y avait dans le centre-ville. Et là, il s'en était mis pour deux mille francs à crédit. Le vieux avait réussi son coup. Il rentrerait avec un costume trois pièces pour son frère. Deux mille francs, ce n'était pas un beau cadeau, ça ? Le salaire de sa femme. Il n'était pas près de le rembourser, son crédit.

Gaëlle était livide. Maman aussi. Karim leur avait coupé le sifflet. Moi, je n'ai pas pu me retenir. Il m'avait promis, ce matin. Il m'avait trahie. Il avait juré sur la tête de ma mère, et là, il venait nous dire qu'il avait acheté un costume de deux mille balles à ce vieux salaud ? Karim, mais qu'est-ce que t'as fait ? T'as pas un sou, tu bosses même pas. Ta femmc fait des ménages, vous êtes dans la merde et tu achètes un costard à crédit pour cet enfoiré ? Il n'en a jamais rien eu à foutre de nous, le frère de Papa. Est-ce qu'il nous a envoyé de l'argent quand on n'avait pas un rond pour acheter du mazout ? Non, il en avait rien à foutre. Il lui a mis une femme dans son lit pour lui tenir bien chaud et pour qu'il nous oublie plus vite. Moi, ça m'arrange, tu me diras. Elle peut lui tenir chaud jusque dans sa tombe. Mais putain, merde, Karim, comment t'as pu nous faire ça ?

Je pleurais en déversant ma hargne. Lui aussi. Les larmes glissaient en silence de chaque côté de son visage. Il m'écoutait. Ses yeux me suppliaient d'arrêter, de tout oublier, de lui pardonner. C'était trop pour lui. Son regard est devenu hagard. Il est resté immobile comme un petit animal traqué, quelques secondes, puis il a tourné les talons et il est parti.

Gaëlle est restée un peu avec nous, le temps de reprendre ses esprits. Elle en avait gros sur la patate. Je suis allée dans ma chambre. Moi aussi j'en avais plein les sacoches. J'ai pleuré longtemps. Je ne me sentais pas bien. Rien n'allait bien. J'avais un poids qui appuyait de plus en plus fort sur la poitrine. Gaëlle est passée dans ma chambre pour m'embrasser avant de monter chez elle pour faire à manger. Le vieux était déjà là. Il avait picolé. Normal, il n'allait pas laisser passer une occasion pareille. L'Algérie, c'est bien, mais quoi de mieux qu'un bon vieux bar PMU à la française pour boire un coup ? Surtout qu'il avait un truc à fêter. Avec son satané costume, il avait réussi à foutre une belle merde chez son fils. Gaëlle n'en menait pas large dans sa cuisine. C'était pas le moment de la ramener. Elle lui aurait bien versé quelques gouttes de cyanure dans son assiette de frites, à ce vieux fumier.

Moi aussi. J'aurais donné n'importe quoi pour qu'il crève, là, tout de suite. Il parlait fort. On pouvait l'entendre d'un appartement à l'autre. Sa belle-fille avait cru lui prendre son fils, le tenir. Eh bien, elle s'était trompée, elle n'avait rien compris. Il était le plus fort. Il était revenu prendre son dû. Il avait retrouvé son fils, aujourd'hui. Ils avaient bien parlé ensemble, d'homme à homme. Et son fils s'était comporté comme un seigneur. Il était fier de lui. Grâce à lui, il allait rentrer la tête haute.

Assis en face de lui, Karim restait muet. Le vieux ne lui laissait aucun répit. Il parlait sans cesse. Exalté comme un prédicateur fanatique. Dans notre salle à manger, juste un étage en dessous, on l'entendait comme si on y était.

Les cloisons étaient bien trop fines pour nous protéger de ce diable. Ses récriminations et ses cris qu'il ponctuait de grands coups qu'il tapait sur la table traversaient notre plafond et suintaient le long de nos murs.

La soirée a été longue. Maman s'agitait. Le ton montait par moments. Karim tentait de reprendre la main de temps en temps mais il se faisait engloutir par d'autres critiques sur Gaëlle qui n'était pas bien pour lui, sur nous, ses gosses qui lui tournaient le dos, sur Maman qui l'avait pris pour un clochard. J'avais le ventre au bord des lèvres. Un goût de merde dans la bouche. Je me disais que ça devait être comme ça, en temps de guerre, quand les gens étaient dans le noir, entassés dans les caves, à attendre la mort sous les bombardements.

Il était revenu pour nous finir, nous anéantir.

Mettre nos maisons à feu et à sang.

Mon grand frère était là, cette nuit-là. Pas l'aîné, mais celui qui était arrivé juste avant moi. Le dernier du premier lit. Celui que j'avais suivi de trop près, détrôné, et qui s'était retrouvé comme un con. Invisible. Transparent. Il m'en a voulu quand j'étais petite. Il me faisait chialer, et après il me disait : « Pleure, Cendrillon, tu pisseras moins. » Je l'aimais quand même et j'étais fière de lui. Il avait fait du karaté et de la boxe. Je le trouvais beau, avec ses muscles. Il ressemblait à Lavilliers.

Il venait juste de rentrer d'un de ses voyages. Il se barrait tout le temps, depuis qu'il avait dix-huit ans. À force de n'être rien pour personne, il avait mis les voiles très tôt.

La fuite, chez nous, c'est une histoire de famille.

La vie l'avait ramené à la maison cette nuit-là. Elle avait bien fait. Sa présence me rassurait. Je lui avais laissé ma chambre mauve.

Ma mère était toujours assise au bout de la table quand je suis allée me coucher. Elle ne pouvait pas aller dormir tant que le vieux continuait son cirque en haut. Je lui avais fait promettre de ne pas y aller. Elle m'avait juré de ne pas le faire.

Je me suis glissée dans le lit de la chambre du milieu, où dormaient Mizouzou et notre nièce, la fille de Karim. Gaëlle avait préféré la laisser avec nous, vu les dispositions du grand-père, la petite était mieux au chaud, blottie entre ma sœur et moi. Je n'ai pas trouvé le sommeil tout de suite. Je ne pouvais pas, avec ce qui se tramait au-dessus de ma tête. Mes prières me semblaient de plus en plus dérisoires mais je m'y collais quand même. Je n'avais pas d'autre arme sous la main. J'ai prié longtemps, ce soir-là, pour conjurer le sort.

J'ai été réveillée dans la nuit par un cri effroyable. Puis le bruit d'une bousculade dans l'escalier. Et la voix de ma mère. Elle hurlait. Je n'avais jamais entendu un son pareil. Ça venait de son ventre. Une douleur infinie. Le cri d'une bête qu'on achève à grands coups de couteau dans les entrailles. Ses cris étaient entrecoupés de mots. Je ne comprenais pas bien ce qu'elle disait. Dans mon demi-sommeil, j'ai intercepté le mot « fenêtre ». Je me suis levée et, intuitivement, je suis allée vers la fenêtre de notre chambre pour l'ouvrir. Un froid glacial est entré dans la pièce. J'ai défait le loquet pour écarter les volets, et je l'ai vu. Il était là, par terre, deux étages plus bas, juste en dessous de moi. Ma petite sœur s'est approchée pour voir ce qu'il se passait. Je l'ai repoussée et j'ai refermé les volets. La porte de notre appartement était grande ouverte. Ma mère et mon père étaient là. Elle pleurait, lui aussi. Il parlait à Allah en arabe, cela ressemblait à une prière. Ma mère était en état de sidération, debout, appuyée contre le mur de la cage d'escalier. Elle ne pouvait pas rentrer dans l'appartement, elle ne pouvait pas descendre non plus. Son regard se perdait dans l'escalier. Elle regardait ce trou noir en poussant des cris de douleur et ses mains labouraient le bas de son visage. Il a fallu la soutenir pour la conduire jusque dans la maison. Ses jambes, si grosses, se dérobaient sous elle.

Dès qu'il a compris ce qui s'était passé, mon frère a sauté du lit, en slip, et il est descendu pour voir comment il allait. Je l'ai suivi de près. Encore une fois. Quand je suis arrivée, il était à genoux, la tête penchée sur celle de Karim. Il essayait de voir s'il respirait encore. Gaëlle nous a rejoints. Nous étions tous les trois autour de lui. Il gisait sur le sol, ventre à terre, les bras en croix. On pouvait voir une partie de son visage. Ses yeux étaient fermés. Il respirait encore. Quelqu'un a appelé les pompiers. Ils ont mis très longtemps à venir. Je ne sais plus exactement ce qui s'est passé avant leur arrivée. Je sais que mon frère est vite remonté chercher une couverture pour couvrir Karim. Je crois qu'il n'a pas pris le temps de mettre un pantalon. Il est redescendu comme il était monté. Je me rappelle les lumières qui se sont allumées les unes après les autres, dans l'immeuble et dans les maisons alentour. Les voisins qui arrivaient, les uns après les autres. L'odeur de la douleur qui se diffusait autour de nous. On essayait de le protéger des regards et du froid. Il fallait empêcher les gens de s'approcher trop près de lui, pour lui permettre de respirer encore et encore. Le bruit de la sirène nous a ramenés à la réalité. Le camion de pompiers s'est garé juste à côté de lui. Les portes arrières se sont ouvertes. On s'est écartés pour les laisser faire. La lumière bleue du gyrophare rendait la scène métallique. J'étais empêtrée dans mon cauchemar. Comme engourdie. Les gestes étaient lents. Les sons étaient étouffés et lointains. Je ne sais plus qui m'a dit de monter dans l'ambulance avec Gaëlle. Peut-être était-ce ma mère qui avait fini par descendre ? Peut-être s'est-elle dit qu'il fallait que je parle à mon frère au plus vite ? Que je lui dise des mots d'amour, après toutes les horreurs que je lui avais débitées quelques heures plus tôt ? Je ne me souviens plus. Mais je me suis retrouvée là avec Gaëlle.

Assise à côté de toi, allongé sur ta civière. Je te regarde. Je ne parle pas. Je ne pleure pas. Je me dis que tu vas t'en sortir. Tu as l'air bien. Ton visage est à peine tuméfié. Tu n'as pas l'air d'avoir grand-chose. Une jambe cassée ? Ce n'est pas grave, une jambe cassée, tu sais. Ça se répare. Le pompier qui s'occupe de toi ne semble pas très inquiet. Je scrute le moindre de ses gestes. Il est calme. Tout est sous contrôle. La routine. Tu ne risques plus rien maintenant. Tu respires. Une fois arrivés à l'hôpital, les médecins prendront le relais. Tu seras entre de bonnes mains. C'est mercredi aujourd'hui, ça tombe bien, enfin, façon de parler. Je dirai à mon mec de venir. Je l'appellerai et il m'emmènera à l'hôpital pour te rendre visite. Je reviendrai te voir cet après-midi, et tous les jours s'il le faut. Je resterai avec toi, mon frère. Je prendrai soin de toi et on parlera. Je te demanderai pardon de t'avoir fait pleurer. J'ai été conne. Je n'avais pas à te parler comme ça. Ce n'était pas si grave, cette histoire de costume. Tu pouvais bien en acheter dix, si ça te faisait plaisir. Ça ne valait pas la peine de s'engueuler pour ça ni de se faire si mal. Je te dirai que je t'aime. C'est le plus important, hein. Le reste, on s'en fout. Après ça, le vieux ne va pas traîner longtemps dans les parages, il va faire ses bagages vite fait. Il prendra son pognon, son costume de malheur et du balai, on ne le reverra plus jamais. On sera tranquilles. Et tout ira bien. Tu verras.

On est arrivés à l'hôpital. Le bruit des portes de l'ambulance qui s'ouvrent. Encore. Les infirmiers étaient là à t'attendre. Ils étaient pressés, ils ont vite fait de t'embarquer, Karim.

Gaëlle et moi, on est restées dans le couloir. Il n'y avait pas un bruit. Personne. Nous étions seules. Sonnées. Perdues. Bâillonnées par les mots qu'on ne pouvait pas dire. Ça a duré.

Un homme est apparu devant une porte battante, il s'est approché de nous. Il nous a dit qu'on pouvait venir te voir si on le souhaitait. J'étais rassurée.

Je lui ai demandé comment tu allais.

J'ai entendu : « C'est fini. »

On l'a suivi.

Gaëlle marchait devant moi. On s'est approchées de toi. Tu étais allongé sur une table. Un drap blanc couvrait ton corps jusqu'aux épaules. La salle était très peu éclairée. La lumière était douce. Ton visage semblait détendu. On aurait dit que tu dormais.

Je ne sais pas combien de temps nous sommes restées près de toi, avant que l'on vienne nous chercher. Les médecins avaient besoin de Gaëlle pour remplir des papiers. Elle pleurait. Elle m'a demandé d'aller téléphoner pour prévenir Maman. Je t'ai embrassé sur le front, comme pour te souhaiter une bonne nuit, et je t'ai laissé.

Il devait être 4 ou 5 heures du matin, je marchais dans les couloirs noirs et vides de l'hôpital. Le chemin jusqu'à la cabine téléphonique m'a semblé interminable. J'ai composé le numéro de la maison. C'est mon père qui a décroché. J'ai articulé.

« C'est fini. Karim est mort. »

J'ai raccroché et j'ai fait le chemin dans l'autre sens.

On a pris un taxi pour rentrer.

Mon père était assis dans le canapé, les yeux baissés, le visage gonflé par les dernières traces d'alcool et le chagrin, aussi. Ma mère était assise sur sa chaise au bout de la table dans la salle à manger, mes frères et sœurs agglutinés autour d'elle. Ils me posaient des questions. Je n'avais rien à leur dire. Que voulaient-ils que je leur dise ? Karim était mort. Comment ? Ils en savaient plus que moi. Moi aussi, j'avais plein de questions qui me mangeaient la tête.

Dans le taxi du retour, entre deux sanglots, Gaëlle m'avait dit qu'elle n'avait rien vu. Elle était allée se coucher assez tôt, elle bossait le lendemain, le vieux était mauvais comme la gale et elle était quand même en colère contre Karim, avec cette histoire de costume. Elle ne savait même pas que ma mère était montée. Elle avait juste été réveillée quelques minutes avant, parce que Karim était venu dans la chambre pour l'embrasser et lui dire qu'il l'aimait. Elle n'avait pas réagi. Elle s'était aussitôt rendormie. Quelques minutes après, elle avait été réveillée par le cri qu'il avait poussé en tombant. Un « *Allah* » terrifiant, qui lui avait glacé le sang. Puis il y avait eu les hurlements de Maman.

Je ne parvenais pas à articuler une seule phrase. Mes yeux restaient secs, mon corps était froid et raide.

Je flottais au-dessus de moi et je regardais, par la fenêtre, le jour qui se levait, la maison des italiens et, tout en bas, la tache de sang qui colorait de rouge les étoiles minuscules emprisonnées dans la glace.

Je suis montée chez Karim. J'étais seule dans l'appartement, Gaëlle préférait rester chez nous, avec

Maman et les voisins, qui rentraient et sortaient comme dans un moulin. Je me suis allongée sur le lit, juste au-dessous de la fenêtre. Celui-là même qui lui avait servi de trampoline pour faire le grand saut. Je pouvais les entendre. Les bruits de porte. Les pieds de chaise qui raclaient sur le sol.

Je sentais leurs bras invisibles, englués de chagrin, se lever vers moi, traverser le plafond, le parquet, le matelas pour m'encercler et appuyer avec force juste au-dessus de mon ventre, là où ça fait un creux, là où ça fait mal.

Je me suis laissé aller. Je ne respirais plus. J'étais comme un enfant qui se noie sans bruit, dans la piscine du jardin, à deux pas de ses parents, trop occupés à faire griller les saucisses pour le barbecue du dimanche.

Lorsque je me suis réveillée, ils étaient là. Ma mère, Gaëlle, mes frères et sœurs. Ils avaient tous rappliqué. Ma mère parlait. Elle leur racontait. La fin d'après-midi, le costume, la soirée avec le vieux.

Je connaissais cette partie de l'histoire.

J'ai vraiment sorti la tête de l'eau quand elle s'est mise à parler de l'après. Quand elle a décidé de monter parce qu'elle ne supportait plus de l'entendre. Parce qu'elle était têtue comme une mule et qu'elle avait quand même bien envie de lui arranger la cravate, au docteur Jivago. Elle s'est pointée un peu après minuit. Le vieux était content. Mine de rien ça lui faisait plaisir de voir qu'il lui faisait toujours autant d'effet. Maman avait quelques couleuvres à recracher. Elle n'a pas tenu sa promesse. Elle n'a pas pu s'en empêcher. La nouvelle femme lui était restée en travers de la gorge, sa retraite sous le soleil d'Algérie pendant qu'elle se faisait des cheveux pour remplir la cuve de mazout et élever les gosses. Toutes ces années à le ramasser ivre mort, à le déshabiller, à le coucher, à nettoyer son dégueulis et à recommencer. Pour rien. Après seize ans de bons et loyaux services, il l'avait plantée. Il s'était levé de table, essuyé la bouche et bye-bye.

Karim s'était retrouvé au milieu de ce règlement de comptes, à compter les points. Il les avait écoutés un temps. Surtout Maman.

Piégé au milieu du gué, il avait sombré doucement, sans que personne s'en aperçoive. Il s'était laissé écarteler, broyer, dépecer. Maman avait raison, tout ce qu'elle disait était vrai. Il le savait, il était resté là, lui. Près d'elle. Chacune de ses paroles le touchait en plein cœur et le renvoyait à sa propre traîtrise. La honte d'avoir dépensé le fric qu'il n'avait pas pour cet enfoiré. Il était coupable d'être né de l'autre côté de la Méditerranée, de n'avoir pas tout oublié de son pays, de sa sœur, de son oncle, de ses valeurs, de sa culture. Il avait été déloyal. Comme son père.

Maman ne se rendait pas compte de l'impact de ses mots sur lui. Il ne s'agissait pas de Karim. Elle ne le voyait plus. Elle parlait à l'homme qu'elle avait aimé. Une dernière fois. Elle ne voulait pas blesser Karim. C'était son fils. Elle l'aimait. Elle comprenait pourquoi il avait fini par céder. Le vieux était capable de manger le cerveau de n'importe qui. C'était un manipulateur. Elle l'avait suffisamment pratiqué pour le savoir. Mais Karim n'avait plus la force. Il était anéanti. Depuis des mois déjà, il s'éteignait. Il ne travaillait plus. Il n'avait plus d'énergie, plus de désir, aucun projet. C'était devenu un sujet de dispute avec Gaëlle. Elle avait le sentiment que rien ne l'intéressait, il lui échappait. Pas son corps, mais son âme, son cœur. Il était ailleurs. Loin. Karim sentait la vie le quitter. Les jours glissaient sur lui. Il ne pouvait rien y faire. Comme un profond dégoût. Une répugnance insurmontable. Il n'y arriverait pas. Il ne pouvait pas échapper à ce qu'il était. Il pensait à Zora, qui avait sans doute trempé dans la combine. Il aurait voulu que son père soit un type bien. Un homme digne, qui aurait épousé Maman et qui aurait fait ce qu'il fallait pour la rendre heureuse. Un père qui se serait battu pour réunir ses six enfants sous le même toit. Qui n'aurait pas laissé Zora toute seule, loin de nous. Qui nous aurait appris sa langue. Qui nous aurait emmenés dans les montagnes de Kabylie, dans son village. Un père qui nous aurait parlé de sa famille, de notre grand-mère, de notre grand-père. Il aurait aimé partager son pays avec nous. Pouvoir aimer sa femme et sa fille, en France, sans être obligé de renoncer à une partie de lui-même. Il aurait aimé pouvoir être un jeune Algérien en France, sans qu'on lui demande sans cesse de choisir un camp.

Karim les a écoutés, puis il s'est levé. Il est allé dans sa chambre. Il s'est approché de sa femme, lui a dit qu'il l'aimait et l'a embrassée. Il a pris les draps et les couvertures pliés sur la commode pour faire le lit de son père. Il est sorti de la chambre et a refermé la porte derrière lui.

Quand il est revenu dans la salle à manger, les vieux amants ferraillaient encore. Il a posé les draps et les couvertures sur le lit d'appoint qui se trouvait sous la fenêtre. Il s'est approché de Maman qui était assise à la table. Il est resté derrière elle, debout contre sa chaise. Puis il s'est penché et l'a enlacée. Il ne les écoutait plus. Il avait juste envie de sentir sa peau. Il a glissé sa tête dans son cou pour l'embrasser. Il le faisait souvent. C'était tentant. Elle sentait bon et c'était doux. On pouvait se blottir contre elle et se reposer entre ses gros seins, à n'importe quel moment de la journée. Avec son chignon crêpé en haut de la tête, sa nuque et son cou étaient toujours dégagés. Offerts. C'était rassurant.

Maman ne pouvait pas voir son visage. Elle sentait son souffle, ses lèvres et la chaleur de ses bras autour d'elle. Il l'a reniflée longuement. Puis il lui a murmuré à l'oreille qu'elle avait raison de se battre et qu'elle devait continuer. Il lui a laissé un message pour moi. J'avais eu raison de me mettre en colère. Il comprenait et je ne devais pas m'inquiéter. Dis à ma sœur que je l'aime.

Il est retourné vers le lit sous la fenêtre. Il a enlevé ses savates pour monter dessus. Il ne devait pas salir. Gaëlle l'aurait engueulé. Il a ouvert la fenêtre. Le froid est entré dans la pièce. Karim était calme. Ma mère le regardait faire. Il voulait sans doute fermer les volets. C'était l'hiver, les fenêtres étaient des passoires, le vent était glacial. On fermait toujours les volets en hiver. Il n'a pas fermé les volets. Avec l'agilité d'un chat, il s'est assis sur le rebord de la fenêtre, les jambes dans le vide. Il ne s'est pas retourné. Il a crié « *Allah* » et il a disparu dans la nuit. Maman n'a rien vu venir. Tout est allé si vite. Quand elle s'est précipitée vers la fenêtre, il était déjà trop tard. Karim gisait sur le sol, vingt mètres plus bas.

Voilà. C'est comme ça que ça s'est passé. En tous les cas, c'est ce que Maman était en train de raconter quand je me suis réveillée.

Je ne suis pas certaine de la petite phrase de Karim qui m'était adressée. Peut-être a-t-elle dit cela pour préserver le peu de santé mentale qui me restait ?

Elle a bien fait.

Je l'avais écoutée. J'étais remontée à la surface pour entendre ce qui était arrivé à mon frère. J'avais besoin de savoir. Et aussitôt, j'ai replongé.

Les interprétations, les commentaires, les regrets, les tasses de café qui cognaient contre la table, le bruit des cuillères qui raclaient le fond des tasses ne m'intéressaient pas. J'ai refermé les yeux et je me suis rendormie. Un sommeil vide, sans rêve, sans Karim, sans eux. Mon frère ne m'en voulait pas. Il m'aimait. Ça me suffisait.

Ma petite sœur m'a réveillée quelques heures plus tard. Elle avait les yeux bouffis, le nez plein de morve. Je devais me lever, on allait manger, tout le monde était en bas.

Je suis redescendue chez nous. Mon père était parti. J'étais soulagée. Maman préparait le repas. Des frites et des côtelettes de porc panées, passées dans l'œuf et ensuite dans la chapelure, pour que la viande reste moelleuse. Comment pouvait-elle faire ? Cette femme était une machine. Je ne sais pas combien de kilos de patates elle a épluchés dans sa vie. En considérant qu'il lui arrivait, de temps en temps, d'alterner avec des pâtes ou du riz, et en prenant une moyenne de deux kilos par jour, pour deux repas sur trois, on arrive à 973 kg par an. Si on multiplie par le nombre d'années passées dans cette cuisine, soit vingt-trois ans, on peut déduire sans se tromper beaucoup que cette femme a épluché 22 379 kg de pommes de terre. Vingt-deux tonnes.

Une machine.

Elle n'avait pas dormi depuis trente-six heures. Ses yeux étaient rouges et son regard vide. Elle faisait les gestes, elle parlait, mais elle n'était pas là. Je la regardais peler ses patates comme on s'accroche à une épave, pour ne pas se laisser happer par les profondeurs.

Elle me paraissait toute petite et fragile malgré ses 140 kg. Recroquevillée au bout de la table, à sa place. Autour d'elle, les gens s'agitaient. À intervalles réguliers, elle levait la tête vers le ciel et répétait qu'elle l'aimait comme son fils. Ses larmes glissaient le long de son nez et finissaient leur course sur la page du *Républicain Lorrain* qu'elle avait étalée devant elle pour les épluchures.

Le lendemain, personne n'est allé à l'école. On est restés enfermés chez nous. Dehors, la vie continuait, et nous, on ne voulait pas. La vie ne pouvait pas continuer. Ce n'était pas possible de faire les mêmes gestes comme si rien ne s'était passé. Descendre l'escalier, dire bonjour, retrouver les copains devant le lycée, aller en classe. Et ton devoir de math, il est où ? Tu ne l'as pas fait ? Ben non, je n'ai pas pu, mon frère s'est jeté par la fenêtre cette nuit.

Mon père est arrivé juste avant midi. Je ne sais pas où il était allé s'installer. En tout cas, ni chez nous, ni chez Gaëlle. Il avait récupéré sa valise, ses petites affaires et son maudit costume, et il était parti. Peut-être était-il retourné dormir dans son lit en fer, au dépôt ?

Il faisait profil bas, le roi de la Casbah. Karim lui avait remis les idées en place avec son vol plané. Il ne s'y attendait pas, à celle-là.

Ses yeux étaient cernés. Il n'avait pas beaucoup dormi non plus. Comment aurait-il pu ? Les larmes lavent nos yeux pour nous permettre de mieux voir, dit le proverbe arabe. Il pouvait bien pleurer jusqu'à son dernier souffle. Je rêvais d'être une sorcière. Je lui aurais jeté un sort. Ses yeux noirs, enfoncés dans leurs orbites, auraient été continuellement baignés de larmes. J'aurais voulu qu'il ne puisse plus jamais les fermer. Qu'il les garde grands ouverts jusqu'à sa mort, et même après. Au fil du temps, ils se seraient éclaircis, délavés, jusqu'à devenir entièrement blancs, comme ceux des enfants du *Village des damnés*. Je voulais qu'il voie. Qu'il se repasse le film en boucle. Et qu'il en crève.

Il a dit à Gaëlle et à Maman qu'il fallait faire le nécessaire pour que Karim soit enterré comme un musulman.

On avait oublié. Karim n'était pas pratiquant, quant au vieux, n'en parlons pas, il avait été trop occupé à écluser ses bouteilles de Kronenbourg ou de Kiravi pour nous lire le Coran.

De temps en temps, ça remontait à la surface. Surtout quand il fallait parader et épater la galerie.

Le mariage de Karim avait fait un gros barouf. Le père ne lui avait jamais pardonné. Il n'avait pas assisté à la cérémonie. Il avait préféré attendre avec ses acolytes dans la salle du foyer municipal où avait lieu le banquet. Pour prendre de l'avance sur le vin d'honneur, et nous accueillir avec son regard de fou à la sortie de l'église. Fallait vraiment qu'il soit rongé par la méchanceté.

Ils étaient si beaux. Gaëlle dans sa robe blanche, avec sa capeline sur la tête, et Karim dans son beau costume beige.

Il s'est rattrapé avec la circoncision de mes petits frères. C'est là que j'ai compris que mon père avait une religion. Et que ce n'était pas la même que celle du père Noël. Mes frères avaient six et sept ans quand il s'est souvenu qu'il était musulman. Ce n'était pas sans incidence pour eux. Se faire couper le zizi à cet âge, ce n'est pas pareil que quand on est bébé. Ils avaient eu le temps de s'attacher à leur prépuce.

Ils se sont retrouvés à l'hôpital pour se faire taillader la zigounette au scalpel. Ça ne s'est pas vraiment bien passé. Ils ont bien douillé. Le plus petit a planté ses dents dans le bras de l'infirmière qui lui changeait son pansement, en la traitant copieusement de sale pute. Ma mère a eu droit au même traitement. Sa vie de bon musulman commençait mal.

Tout s'est arrangé avec le grand méchoui organisé en l'honneur des fils de la maison. Ils avaient été promus au rang de petits princes avec leur quéquette au rabais. Toute la communauté algérienne du bassin houiller de Lorraine s'était donné rendez-vous chez nous. Des hommes que je n'avais jamais vus et qui félicitaient mon père toutes les deux minutes. Des femmes avec des robes dorées, des dents dorées, des mains dorées, qui poussaient de drôles de cris en faisant bouger leur langue chaque fois que mes frangins entraient dans la salle à manger. C'était un joyeux bordel, notre père avait l'air content d'être notre père. Il était fier de lui.

Quelques jours plus tôt, il avait acheté un mouton sur pattes qu'il avait enfermé dans notre salle de bains. La pauvre bête, qui n'avait jamais vécu en HLM, n'appréciait pas trop et devait sentir que ça ne présageait rien de bon pour elle. Elle faisait un boucan du diable à se cogner partout, et ses bêlements nous arrachaient le cœur.

On se calait derrière la porte pour lui parler doucement, la rassurer, mais c'était peine perdue. Il fallait la délivrer. L'aider à s'enfuir.

La seule à pouvoir faire quelque chose pour le pauvre animal, c'était notre petite sœur, la Mizouzou. Elle n'était pas vraiment l'amie des animaux, et ça ne l'avait pas trop dérangée de voir le chat décapiter le poussin que Maman lui avait acheté au marché. Mais là, c'était quand même triste d'entendre ce petit mouton pleurer à longueur de journée. C'était la préférée, et la seule qui pouvait passer à côté d'une bonne rouste. C'était donc la seule à pouvoir ouvrir la porte de la salle de bains pour sauver l'animal. Elle a ouvert cette satanée porte mais n'a pas eu le temps d'ouvrir celle de l'entrée pour le laisser s'échapper. Le mouton affolé l'a renversée en sortant de son enclos carrelé et s'est précipité dans les autres pièces de l'appartement. Maman s'est mise à hurler quand il s'est pointé dans la cuisine. Elle était complètement affolée. Lui aussi. Il renversait tout sur son passage. Mon père s'est mis à lui courir après en menaçant de l'égorger, et celui qui l'avait fait sortir avec. Il était sur le point de l'attraper quand quelqu'un a ouvert la porte d'entrée. Le mouton en a profité pour se faire la malle et s'est mis à dévaler l'escalier. L'Italienne du dessus, qui remontait chez elle les bras chargés de courses, s'est retrouvée face à l'animal. Elle s'est mise à gueuler elle aussi. D'abord parce qu'elle avait eu la frousse de sa vie, ensuite pour se défouler sur mon père qui emmerdait le monde avec son mouton qui avait braillé toute la nuit.

Mon père ne s'est pas attardé sur elle. Il a fini par attraper son mouton. Les voisins ont bien dormi cette nuit-là, le mouton ne bêlait plus. Mon père lui avait tranché la gorge illico presto, son cadavre gisait au fond de la baignoire. C'était dégoûtant et ça puait vraiment. On était tristes et Mizouzou pleurait. Comme prévu, elle avait échappé à la raclée. Mais elle pleurait quand même.

La fête était belle. Mon père était sobre. Ce jour-là, il était musulman. Je trouvais ça bien, cette religion qui interdisait l'alcool. S'il avait pu être pratiquant toute l'année, ça nous aurait arrangés. Il y avait de quoi nourrir la communauté algérienne de toute la région sur les tables : du couscous, notre pauvre mouton découpé en morceaux, des merguez, du poulet, des dattes, des figues, des fruits, des makrouts, des cornes de gazelle, du thé à la menthe et plein de cadeaux pour mes frères. Il y avait aussi un endroit, sur le buffet de la salle à manger, où chacun déposait son enveloppe avec de l'argent dedans. Je faisais un peu la gueule. Il n'y en avait que pour eux. Et nous, les filles ? On comptait pour du beurre ? D'accord, on n'avait pas de zizi, mais c'était pas une raison. Je suis allée voir ma mère, elle était très occupée et je lui cassais les pieds avec mes questions existentielles. La tête dans ses casseroles, elle m'a expliqué qu'il y avait aussi une fête pour les filles et qu'on la ferait plus tard. Là, il fallait faire vite pour les garçons, avant qu'ils soient trop grands et leurs zizis aussi. Pour nous, les filles, il n'y avait rien à couper, alors on était moins pressé. Elle m'a raconté un gros bobard. Il n'y a jamais eu de fête ni pour moi, ni pour ma petite sœur, et pourtant, elle, c'était sa préférée.

Le Dieu des musulmans était de retour. Mais c'était moins festif. Il fallait récupérer Karim à l'hôpital et le ramener à la maison. Mon père avait passé la matinée à organiser tout bien comme il faut. C'était comme ça qu'il disait. Il avait rencontré l'imam pour la cérémonie et la préparation du corps pour l'inhumation.

Normalement, les morts, on les installe dans des endroits spécialement faits pour eux. Dans des salles silencieuses avec des lumières feutrées, sur des lits réfrigérés entourés de bouquets de lys et leurs pistils rouge-orange qui embaument jusqu'à vous donner la nausée. Les morts, on ne les ramène plus à la maison. On les dégage dare-dare. On ne leur dit pas : « Hep ! Hep ! Hep ! Attends, pars pas comme ça ! On va repasser vite fait à la maison. Et puis, après, on t'emmènera au cimetière. » Nous, si.

Karim est rentré chez lui. Cela ressemblait de plus en plus à un rêve. Il a regrimpé les trois étages, emballé dans sa housse, sur une civière, et on l'a installé dans sa chambre. Alors que tout le monde tourbillonnait dans l'appartement, lui était tranquille le chat, allongé dans son lit. Retour à l'anormal. On pouvait le voir, s'asseoir à côté de lui. Rester comme ça pendant de longues minutes, à lui parler ou pas. Son visage était serein. Ses cheveux noirs et épais étaient coiffés en brosse. Toujours le même. Un mélange entre Frédéric François et Christian Delagrange, la coqueluche des années 1970. Ma belle-sœur était fan, elle avait tous ses 45 tours. Quand Karim mettait ses chemises col vampire et ses pantalons en tergal pattes d'eph, on aurait pu s'y tromper. Je suis sûre que c'est comme ça qu'il l'a chopée.

Il était là, les yeux clos, allongé devant moi. Rien ne pouvait laisser croire qu'il avait fait une chute de vingt mètres deux jours plus tôt. Ses traits étaient détendus, apaisés. Il avait l'air bien. J'étais contente de l'avoir là, tout près. Tant qu'il était dans les parages, que je pouvais regarder son visage, le toucher, il était avec nous. Je lui caressais les joues, je l'embrassais. Je lui parlais. Le contact de son corps froid et dur, sur mes lèvres ou sous mes doigts, me surprenait chaque fois et me ramenait à la réalité. Entre deux caresses, j'oubliais. Je tournais autour de lui comme une mouche. Ma mère m'engueulait et me disait de ne pas trop le toucher, mais c'était plus fort que moi, j'avais besoin de sentir son corps, même froid et inerte.

Ils sont arrivés le jour d'après pour le préparer.

Je ne connaissais aucun d'entre eux.

Le matin même, le cercueil avait été livré et installé au milieu de la grande pièce, entre le buffet haut en chêne massif et le canapé, pile à la place de la table basse sur laquelle je ne devais pas renverser mon verre de Coca. C'est effrayant quand les objets qui nourrissent nos peurs et nos angoisses prennent corps et s'installent dans nos lieux de vie. Un salon, c'est fait pour se vautrer dans le canapé et regarder des films à la télé. Un salon, ce n'est pas fait pour mettre un cercueil avec son frère dedans. Ça faisait comme des petites explosions dans ma tête. Mon regard passait de l'écran télé, avec Christine Ockrent, qui m'annonçait qu'un cœur artificiel battait pour la première fois dans la poitrine d'un homme, au cercueil vide qui trônait au milieu de la pièce. Aux effluves de café et de friture se mêlaient maintenant les odeurs de bois et de mort. Ça commençait à merder. Elle était là. Maintenant, on pouvait la sentir. Elle s'était glissée dans la maison. Pourquoi était-elle si pressée ? Qu'est-ce que ça pouvait bien lui faire ? Il était tranquillement allongé dans son lit. On ne demandait rien de plus. On était ensemble. Entre nous.

Elle était arrivée avec ses grouillots. Les vieux hommes qui sortaient de nulle part étaient là pour la toilette funéraire. Ils disaient que c'était important pour Karim, et pour eux aussi. Un devoir pour les bons musulmans de s'occuper de leurs défunts, de faire cette dernière toilette et de le purifier pour faciliter son passage vers l'autre côté. Il fallait faire vite, car le corps avait déjà trop attendu. Ils ont déchanté quand ils ont vu la salle de bains riquiqui de Gaëlle. Les grands manitous étaient très emmerdés, impossible de manipuler ce grand corps raide dans la baignoire sabot. Ils ont décidé de lui faire prendre un bain dans notre nouvelle baignoire, heureusement que Maman avait fait faire les travaux. Je ne pense pas qu'elle avait imaginé un truc pareil. Ils ont descendu le corps de Karim à l'étage en dessous, il était enroulé dans un drap. Ce n'était pas aisé, l'escalier n'était pas très large.

On est restés à l'écart dans notre salon, le temps qu'ils fassent leurs petites affaires. On n'avait pas le droit de bouger. Gaëlle et ma mère non plus. C'était une affaire d'hommes et d'initiés. Elles n'avaient rien à y faire.

Ils ont pris leur temps. Et puis ils sont sortis de là, les visages graves et solennels. Le rituel avait été accompli dans le respect de la religion. Ils ont eu du mal à l'extraire de la salle de bains et à le remonter sans le cogner dans les coins de porte. J'observais le cadavre de mon frère emmailloté dans un linceul blanc, en lévitation dans la cage d'escalier, et ces petits hommes qui le tenaient à bout de bras.

Arrivés en haut, ils l'ont déposé dans son cercueil. Il était beau drapé de blanc. Exactement comme je l'avais vu, quelques semaines plus tôt, avant de m'endormir. J'avais chassé cette image funeste et voilà qu'il était là, tel que dans mes rêves. Je me suis approchée de lui, je voulais lui caresser la joue, l'embrasser encore avant le grand départ. Des larmes coulaient sur mon visage. Une femme qui se tenait derrière moi m'a brutalement écartée du cercueil.

Elle pestait, agacée, et je sentais bien qu'elle ne me disait pas des mots d'amour. Son regard mauvais aurait pu me sécher sur place. Je n'avais jamais vu cette vieille folle. De quoi se mêlait-elle ? J'allais lui en retourner une quand mon père s'est interposé et lui a demandé de s'en aller. Il est revenu vers moi et m'a parlé doucement. Ça faisait longtemps. Il m'a expliqué. Mon frère avait été lavé et purifié. Personne ne pouvait plus le toucher. Le moindre contact avec nos corps impurs l'aurait souillé et empêché d'aller au paradis. Cette femme l'avait protégé de moi. Mes lèvres sur sa peau, mes caresses lui aurait fait l'effet d'une morsure intense.

Je comprenais. Mes larmes de profane, pleines de chagrin et de sales remords l'auraient sali et l'auraient fait souffrir, comme autant de petites boules de feu projetées sur son corps. Je devais le laisser partir en paix, maintenant. Garder pour moi la douleur et le remords. Je ne devais pas entraver sa route, l'empêcher d'atteindre le royaume d'Allah.

Une fois de plus, mon père me demandait de rester à distance.

Je savais faire.

J'ai regardé mon frère une dernière fois pour lui dire au revoir. Salut, frangin. Tu es mort. J'ai compris, pas la peine d'en faire des caisses et de te chialer dessus. Rien ne pourra te réveiller.

Je suis descendue chez nous et je ne l'ai plus revu.

Enfin, non, ce n'est pas vrai, pendant longtemps on s'est donné rendez-vous la nuit. Quand les morts me manquent trop, je les appelle avant de m'endormir, et souvent ils viennent me voir dans mes rêves. On s'est revus souvent, avec Karim, chaque fois dans le même rêve, il avait disparu, on le donnait pour mort, et un beau jour, il réapparaissait.

Le lendemain, toute la famille était réunie autour de son cercueil dans le nouveau cimetière paysager de la ville. C'était un des premiers jours de décembre, il faisait froid et le ciel était extraordinairement bleu. Karim était le troisième locataire.

Un grand trou béant nous attendait dans la première allée.

À part les deux qui l'avaient précédé, aucune tombe, aucune plaque gravée. Pas de fleurs en plastique, pas d'angelots grelottant sur des dalles de marbre, pas de signe extérieur de douleur ou de chagrin. Rien. Juste des arbres sans feuilles et nos pas qui craquaient sur la terre gelée, en faisant exploser des galaxies de petites étoiles blanches.

L'imam était là, dans son habit blanc immaculé. Il a parlé de Karim, pour nous, en français, pas longtemps. Puis il s'est mis à parler en arabe. Je ne comprenais pas un mot de ce qu'il disait, pas un mot des sourates qu'il récitait. C'était beau, cet homme qui récitait des prières pour mon frère. Une douce litanie. Comme un chant. Mais mon père ne nous avait pas appris. Nous ne savions pas. Il ne nous avait rien transmis. Il n'avait pas partagé sa langue, son histoire, son Dieu avec nous. Il avait fait de nous des imposteurs, des amputés, des branlants. Comment tenir debout quand on marche sur une jambe ? Quand on ne comprend pas la langue de son père, de son frère, de sa sœur ?

Nous ne pouvions pas comprendre les prières prononcées pour notre frère. Elles ne pouvaient pas nous consoler, agir sur nous comme un onguent. Nous apporter un peu de paix et de réconfort. Même ça, il nous le refusait. Nous étions exclus. Encore une fois.

Tako-tsubo

Avoir le cœur brisé par la douleur ou le chagrin n'est pas simplement une image : c'est une réalité médicale.

Le syndrome du cœur brisé, ou cardiomyopathie de stress, est une pathologie causée par un stress physique ou émotionnel intense qui peut entraîner une défaillance cardiaque aiguë, parfois mortelle.

Il est causé par un choc émotionnel, la perte d'un être cher, une rupture amoureuse, un conflit familial ou professionnel souvent associé à un épuisement physique et moral.

Juin

La distinction entre le passé, le présent et le futur est une illusion tenace. Ce n'est pas moi, c'est Albert Einstein qui le dit.

On se rencontre un jour. On s'aime. On ne fait qu'un. Ça dure un temps. Et puis ça s'arrête. On n'est plus rien pour l'autre. Deux étrangers. Seuls à nouveau.

On cohabite.

Plus je m'allège, plus ses épaules tombent. Une séparation, ça se fait par étapes. Je sais. Mes chevauchées dominicales n'ont pas arrangé nos affaires. Je rame. Pas grave. Je sais que c'est mort.

Après tant de temps passé dans le même lit, c'est étrange de ne plus s'endormir ensemble. De décider qu'à partir de là, maintenant, on ne s'embrassera plus le matin au réveil. Comment se dire bonjour ? Salut, ça va ? Oui, ça va et toi ? Totalement dissonant.

Hier, il était celui pour qui j'aurais donné ma vie. Aujourd'hui, je ne sais plus comment le nommer. Son prénom ? Jamais je ne l'appelais par son prénom. Mon mari. Mon amour. Mon cœur.

Lui ne m'appelle pas. Il ne peut pas. Il ne veut rien faire qui pourrait laisser penser qu'il accepte. Qu'il se résigne.

Il refuse de prendre part à tout ça.

C'est à moi de le faire. Imposer. Redéfinir les contours de ce que nous sommes maintenant l'un pour l'autre. À moi de me démerder. Je dois faire attention, réprimer mes réflexes. Envoyer un message clair. Plus rien d'équivoque. Prohiber. Il ne posera plus sa tête sur mes cuisses, comme il le faisait quand nous étions installés dans le même canapé. Je ne lui caresserai plus les cheveux. Il ne m'embrassera plus dans l'encadrement de la porte de la cuisine. Il ne laissera plus sa main s'attarder sur la mienne. Je ne retrouverai plus ses yeux dans mon décolleté, sa bouche dans mon cou.

Je dois rester vigilante. Garder la distance. Les mots, il s'en fiche, je le sais. Mon corps doit prendre le relais. C'est lui qu'il observe, qu'il épie. Il le connaît. C'est lui qui lui dira. C'est par lui qu'il comprendra. Surtout, ne pas le laisser espérer. Ne plus. Jamais.

Le « *brutal change* », ce n'est pas toujours un gros pain dans la gueule. C'est aussi regarder l'autre et ne plus voir d'amour dans ses yeux. Ne plus être le seul.

L'unique. Devoir changer de vocabulaire, ne plus pouvoir dire « ma chérie », « mon amour », « ma femme ». C'est devenir le père de ses enfants pour la femme que l'on aime.

On en revient constamment à la même histoire. Aux mêmes mots. Aux mêmes chagrins. Aux amours qu'on laisse crever pour un verre de plus, une fille de plus, un mensonge de plus ? On a le droit de ne plus aimer, boire tout son saoul, baiser tout ce qui bouge. Jouer sa bonne fortune à la roulette russe. Risquer tous les jours de perdre tout. Mais quand on fait tourner le barillet continuellement, la probabilité de se loger une balle dans le caisson augmente. Un soir, le jeu devient mortel. On pointe le revolver sur sa tempe, on appuie sur la détente.

Et bang.

C'est terminé. Pour lui, pour moi, pour Sacha, pour Lola, pour le chien, pour tout ce qu'on a fait et ce qu'on aurait pu faire encore.

La déflagration emporte tout.

Je suis une amoureuse imbécile, une sorcière incompétente. Je n'ai pas le pouvoir de revenir en arrière, ni de marabouter les hommes que j'aime pour qu'ils m'aiment toujours. J'aurais tellement voulu. Cela ne marche pas comme ça.

Bientôt quarante-cinq ans. Douze ans avec l'un, dix-huit avec l'autre. Trente années de fidélité. Pas un seul amant. Quel spleen. Je vais devoir rebattre les cartes. M'adapter. Encore. Enfin, autant que faire se peut. À l'aube de la cinquantaine, c'est quoi, la marge de manœuvre ? Surtout sans boulot, avec deux enfants, un loyer à payer.

J'ai la trouille. Elle revient.

Je croyais qu'il suffisait de dire stop pour que mon avenir s'éclaircisse. Mais non. Je lui en veux. Je suis en colère. Je repense à ma mère. À son tour de cartes. À ce qu'elle m'avait dit. Aux larmes qui coulaient dans ma bouche. C'était si compliqué d'être des gens qui s'aiment ? Il était où le problème ?

On aurait pu finir tranquilles, ensemble, bras dessus, bras dessous. Deux petits vieux avec des étincelles plein les yeux. Regarder nos enfants grandir et nos corps se rapetisser. Devenir mous. Tendres. Sentir nos tailles s'épaissir. Nos cheveux blanchir. Nos mains se plisser et se couvrir de taches brunes.

On aurait pu faire front côte à côte, attendre ensemble, se consoler, se blottir et se tenir chaud jusqu'au bout du bout.

Au lieu de ça, on se retrouve seul. Chacun dans un coin du ring.

C'est quoi, l'après ? Il reste quoi à partager, quand on n'a plus d'enfants à faire ? Il aura quoi, dans sa hotte, le père Noël des quinquas ? Une famille recomposée ? Des ex à gérer ? Des histoires de pensions alimentaires, de cartables oubliés, de gardes partagées ?

Je suis fatiguée. Je rumine.

Notre histoire tourne en boucle dans ma tête.

Ses mots. Ses promesses. Cette première nuit, chez lui. Il l'a passée à me regarder, à me caresser. On n'a pas couché ensemble. C'était doux.

Le lendemain soir, quand je suis revenue, il m'attendait à la fenêtre. Son appartement était au cinquième étage. Il m'a vue arriver de loin, avec mon short en jean, mes cuissardes et mon chemisier bariolé. C'était le printemps.

C'est ma saison, le printemps.

J'ai grimpé les cinq étages. Il était un peu anxieux, il n'avait pas les mots alors il avait mis la chanson de Dylan pour se donner du courage.

Je l'ai embrassé et il m'a dit : « *Or else you gotta stay all life.* »

All life.

Demain, nous avons rendez-vous chez notre avocat.

On a pris le même.

Divorce par consentement mutuel.

Il ne veut pas, mais il viendra quand même.

Pour moi, me dit-il.

Pour moi ?

J'ai envie de lui sauter à la gorge.

La tante d'Amérique

Il a refait sa valise. L'a remplie d'un tas de choses qu'on lui avait demandé de ramener, pour sa femme, pour Zora et tous les autres. Il n'a pas oublié le costume pour son frère.

Il est rentré chez lui, de l'autre côté de la Méditerranée. Il a arrangé l'histoire comme des puces dans ses bas, il a raconté à tout le monde que Karim était tombé par accident. La bonne blague.

Il est reparti vers le soleil, et chez nous, il faisait nuit. Toujours. La lumière ne rentrait plus dans notre maison et on n'avait pas de petites souris pour gratter aux fenêtres. On ne sortait plus. Le spectacle de la vie, les gens qui continuaient à s'exciter comme des fourmis, les voisins qui avaient déjà oublié, les « Bonjour, comment ça va ? », c'était insupportable. Je voulais arrêter le temps. Quoi ? Aller à l'école ? Faire un devoir de math ? Putain ! Mon frère est mort. Vous me demandez quoi, exactement ? De continuer à vivre ? De résoudre une équation à plusieurs inconnues ? De faire comme s'il ne s'était rien passé ?

J'en étais incapable.

Je suis restée prostrée chez moi pendant plusieurs semaines. Je ne sortais plus, ou alors très tard. Le soir, avec Gaëlle. On allait au cimetière pour nettoyer la tombe de Karim et arranger les fleurs. Avec le gel, elles crevaient vite. On était seules. Gaëlle garait sa voiture contre la grille. Le moteur restait allumé et nous nous activions sous l'éclairage des feux de croisement. Le cimetière était beau dans la nuit. Il n'y avait toujours pas plus de morts. Maintenant, ils étaient trois, avec Karim. Les deux autres avaient déjà leur pierre tombale avec leur nom et prénom, leur date de naissance, celle de leur décès et leur photo en médaillon dessus. On les connaissait. On savait à qui on avait affaire. Karim n'avait pas encore la sienne. Juste un rectangle de terre fraîchement retournée, délimité par quatre petits bouts de bois clair à chaque coin et une ficelle qui rejoignait chaque plot. Comme quand on achète un terrain pour construire une maison dessus. Sauf que là, c'était vraiment riquiqui comme maison, et sa chambre se trouvait six pieds sous terre. Il n'y avait pas de marbre avec un nom dessus, juste une plaque qui disait « À mon Papa », des fleurs et des bougies funéraires dans des pots en plastique rouge, posées à même la terre au-dessus de sa tête. C'est Gaëlle qui avait apporté tout ça, elle voulait décorer un peu pour que ce soit joli. Autour de nous, les grands arbres avaient perdu leurs feuilles. Ils levaient leurs longs bras dénudés vers le ciel. Avec la lumière rasante des phares de la voiture et le vent qui soufflait dans leurs branches, on aurait dit qu'ils dansaient en se murmurant des secrets que nous ne comprenions pas. J'imaginais mon frère, sous terre, attrapant leurs racines pour se hisser vers nous. J'espérais le voir apparaître. Entendre sa voix. Je ne le disais pas à Gaëlle, c'était mon espoir à moi. Une fois les fleurs changées et les petites lanternes rouges allumées, on s'asseyait sur le marbre de la tombe d'à côté. C'était froid et humide. On allumait une clope. Elle fumait des Gauloises. On tirait sur nos cigarettes et on dirigeait les volutes de fumée vers lui, histoire de partager quelques lattes. On ne pleurait pas. On ne disait rien. On restait juste un peu avec lui.

Quand on sentait le froid grimper dans nos reins, il était temps de remballer. On récupérait nos mégots. On se relevait, les fesses trempées. Et on s'en allait, chagrinées de le laisser tout seul, dans la nuit, enseveli sous cette terre glacée. Je savais que les petites bougies ne dureraient pas toute la nuit. C'est ça qui m'horrifiait. L'abandonner là, tout seul dans ce trou noir. C'est affreux, quand on y pense.

Allez. Salut frangin. À demain.

Maman ne venait pas au cimetière. Ce n'était pas son truc. Et ce n'était pas seulement à cause de Karim. Elle avait fait pareil avec notre grand-père, celui avec les longues moustaches. C'est par hasard que j'avais appris qu'il était enterré là, chez nous, dans le vieux cimetière. Je le croyais dans un trou en

Champagne. C'était quand même idiot de ne jamais l'avoir dit. C'est bien, d'avoir ses morts là où on habite. Ça vous pose. Ça vous attache. Si j'avais su que mon grand-père était inhumé là, je me serais peut-être un peu sentie chez moi dans cette ville. J'aurais pu lui rendre visite, me fabriquer une histoire. D'autant qu'il n'était pas seul. Maman avait fait une fausse couche tardive, entre mon grand frère et moi ; elle avait failli y passer tant elle avait perdu de sang. C'est l'Italienne du dernier étage qui m'a raconté ça. Le petit garçon avait rejoint le grand-père, dans la même concession. À moins que ce ne soit l'inverse. Elle ne savait plus trop dans quel ordre. N'empêche que ça m'a fait bizarre d'apprendre qu'il y avait eu un enfant mort juste avant moi. Peut-être que s'il avait survécu, c'est moi qui serais passée à la trappe ? L'Italienne aussi avait perdu un petit garçon, il n'avait pas un an quand il est mort. Même si elle n'était pas du genre à se tracasser pour ceux qui avaient survécu, tous les ans, à la Toussaint, elle venait se recueillir sur sa dépouille et verser sa petite larme. Elle déposait un pot de chrysanthèmes sur la pierre tombale miniature puis s'en allait faire le tour du cimetière, pour se faire voir. Elle ne manquait pas de croiser d'autres Italiennes qui, comme elle, avaient très peu de principes et beaucoup de manières. Maman, elle s'en fichait de ce théâtre, pour elle, cela ne comptait pas. On pouvait bien tous finir dans la fosse commune. Ça lui était égal. D'ailleurs, c'est là qu'ont fini le grand-père et le petit garçon. Pour elle, l'essentiel, c'étaient les âmes. Il fallait faire attention aux âmes. Leur laisser le temps de partir tranquilles. On avait le droit de brûler les corps mais lentement, à feu doux, comme en Inde. Pour ne pas faire exploser les âmes et les faire disparaître à jamais. Les âmes, c'est comme le rôti de porc, c'est cuisson longue à basse température. Sinon, c'est foutu. Elle disait qu'on n'avait pas besoin d'aller au cimetière pour penser à nos morts. Que cela n'avait pas de sens pour elle d'aller se planter devant une plaque de granit coiffée d'une croix. Que tout ce tralala de bondieuserie et de m'as-tu-vu, c'était des fables racontées par des hypocrites pour nous empêcher de réfléchir et pour faire s'entretuer les pauvres gens. Elle disait que les curés et les bonnes sœurs c'étaient de belles saloperies, qu'elle les avait vus à l'œuvre pendant la guerre et après, quand elle s'est retrouvée en maison de redressement à Marseille parce qu'elle avait fugué avec Bleuette. Qu'on n'avait pas besoin d'eux pour croire et qu'on pouvait bien prier dans les toilettes si on en avait envie.

Depuis la mort de Karim, elle était encore plus remontée qu'avant contre le Bon Dieu et tous ses représentants de commerce. Déjà qu'elle trouvait qu'il n'avait pas foutu grand-chose pour lui faciliter la vie avant, alors là, c'était terminé, il ne fallait plus lui en parler.

Elle ne mettait plus jamais le nez dehors. Même au Leclerc, elle n'y allait plus. Elle était en colère.

Sans doute, aussi, contre elle-même. Elle se sentait responsable. Elle moulinait dans sa cuisine et pleurait en dedans. Son gros corps était rempli de larmes. Elle continuait à éplucher ses patates avec son petit couteau pointu et construisait des petites montagnes d'épluchures. Le regard en dedans. Mécanique. Elle faisait cuire ses côtes de porc panées. Toujours trempées dans un jaune d'œuf d'abord, puis dans la chapelure. Mécanique. Elle n'avait plus de poésie. Ses yeux étaient devenus minuscules, comme si elle ne voulait plus rien voir. Elle nous disait qu'elle était morte elle aussi, qu'on ne pouvait pas survivre à la mort de son enfant. Que ce n'était pas dans l'ordre des choses.

Moi, j'étais d'accord avec elle. Ce n'était pas dans l'ordre des choses. Et le Bon Dieu, Marie, et toute la compagnie, ils s'étaient bien foutus de moi avec mes prières. C'est le vieux qui devait crever, pas Karim.

Nous avons vécu comme ça jusqu'à Noël. Je n'allais plus au lycée, mes petits frères n'allaient pas à l'école non plus. Nous restions chez nous, ensemble, les uns contre les autres. L'extérieur nous agressait et nous faisait mal. Karim nous manquait. Gaëlle et sa petite fille ne montaient dans leur appartement que pour dormir. Mon directeur venait me voir tous les mercredis. Il me sermonnait et me disait que cela ne pouvait pas durer comme ça. Je devais retourner au lycée, reprendre les cours. Retrouver une vie normale. Je l'écoutais. Oui, je le ferais. Je savais qu'un jour, il faudrait s'asseoir dans une classe. Expliquer. Rattraper. J'étais en première. Le bac français, c'était demain mais j'avais besoin de temps.

On a quand même préparé Noël, un de mes grands frères qui travaillait en Allemagne de l'Est, à Rostock, sur des chantiers, était rentré pour l'occasion. Il avait déjà fait le voyage pour l'enterrement de Karim, un mois plus tôt. Comme c'était le seul à avoir un peu de sous, avec son boulot de grutier sur les plates-formes de la mer Baltique, c'est lui qui avait raqué pour l'enterrement. Le vieux n'avait pas pu allonger. Gaëlle et Maman non plus.

Il était arrivé avec des cadeaux pour Maman. C'était la première fois. Il devait sentir qu'elle était au fond du trou. Il lui avait rapporté de petites porcelaines de Saxe. Des figurines délicates, un peu blafardes, avec des touches de bleu pastel. Les dames avaient des robes de princesse et les garçons des tricornes sur la tête. Maman les a précieusement rangées dans la vitrine du meuble de la salle à manger.

Pour Noël, il a acheté des cadeaux pour chacun d'entre nous. Il m'a offert un chemisier blanc en soie, avec de la dentelle aux poignets et un col « cheminée », en dentelle lui aussi. J'étais contente, il m'allait bien.

Avec toutes ces histoires, Maman n'avait plus le cœur à partir à Baltimore pour voir sa sœur. Alors c'est la frangine qui a fait le voyage. Tout le monde, dans l'immeuble, attendait la tante d'Amérique. La reine d'Angleterre n'aurait pas eu meilleur accueil. Elle aussi est arrivée avec des valises pleines à ras bords. Des babioles, des boucles d'oreilles, des poupées anciennes, du sirop d'érable et du beurre de pommes. Elle nous a gâtés.

Elle était presque aussi grosse que Maman. Gourmande comme une vieille chatte. Elles se ressemblaient beaucoup, les deux frangines. La tante parlait avec un accent américain et ponctuait ses phrases de mots anglais. Maman se moquait d'elle. Elles étaient heureuses de se retrouver. Cela faisait un peu moins de vingt ans qu'elles ne s'étaient pas vues. Depuis que la plus jeune était partie travailler à Washington. Une aubaine pour elle. En France, elle ne faisait que des conneries. Elle était même tombée enceinte, alors Maman avait trouvé le moyen de lui faire passer. C'était bien avant la loi Veil. Elles risquaient gros. Puis elle l'a fait engager dans une famille comme fille au pair. Maman les connaissait, elle avait travaillé pour eux quand elle vivait à Paris et ils étaient toujours restés en contact. Quand ils ont décidé de s'installer outre-Atlantique, ils lui ont écrit pour lui proposer de partir avec eux. Maman était coincée avec sa tripotée de gosses. Elle a refilé le plan à sa petite sœur. Elles avaient presque vingt ans de différence, l'aînée et la benjamine. Les grands-parents l'avaient eue juste après la guerre. Ils étaient un peu honteux. Ils étaient déjà vieux et fatigués et cette gamine, c'était un sacré numéro, grande et forte comme un taureau. Maman a pris un peu le relais pour soulager ses parents, surtout quand elle était à Brienne et que son mari écumait la base américaine. La tante était à peine plus âgée que mon frère aîné. Ce départ aux États-Unis c'était un peu la chance de sa vie, à la sœurette. Elle était si jeune que Maman avait été obligée de trafiquer ses papiers. Décidément, elle n'était pas du genre à s'encombrer avec les interdits. La petite sœur avait du cran, elle aussi. C'était le début des années 1960, il fallait en avoir dans le ventre pour partir si loin, sans argent, sans billet retour. Fallait pas se rater. Il n'y avait pas WhatsApp pour appeler la famille au moindre pépin.

Au début, les deux sœurs étaient restées en contact. Quelques lettres. Des photos échangées. Et puis, au fil des ans, chacune s'est occupée de ses petites affaires et le silence s'est installé entre elles. Elles ne s'étaient jamais fâchées toutes les deux, pas comme avec les autres. Maman ne les avait plus revus. Elle avait la dent dure.

La présence de la tante a fait l'effet d'une tornade dans la maison. On était toujours tristes et Karim était partout. Chaque fois que la clenche de la porte bougeait, je m'attendais à le voir entrer dans la maison. Ça a duré longtemps, j'espérais vraiment qu'il revienne. On a surmonté les fêtes et, dès les premiers jours de la nouvelle année, on a reparlé des projets. Et pas des projets de rien du tout. Des projets conséquents, de ceux qu'on n'aurait jamais imaginé avoir quand le vieux était avec nous. Des projets de voyages, de déménagement, de renouveau. La tante devait rentrer. Elle avait ses deux restaurants qui l'attendaient. Un à Baltimore et l'autre dans une petite ville, à côté. Elle ne pouvait pas laisser ses affaires tourner sans elle trop longtemps. Maman devait la rejoindre au plus vite. C'est ce qu'il y avait de mieux à faire. La tante prendrait soin d'elle et ce grand voyage lui permettrait de reprendre des forces, de surmonter ce deuil qui lui faisait un énorme trou dans la poitrine. Nous, on restait là. Je devais m'occuper de mes petits frères et de Mizouzou avec Gaëlle.

La tante est rentrée chez elle. J'ai fait mon comeback au lycée après les vacances de Noël. Ça ne s'est pas trop mal passé. J'avais un mot d'excuse béton. Ils étaient pleins de compassion. Ils m'ont foutu la paix. Maman s'est mise à préparer son départ. Il fallait sauver le capitaine du bateau, le laisser partir pour qu'il nous revienne un peu plus vaillant et combatif. C'est ce qu'on a fait. Elle est partie.

C'était une drôle de période. On s'est retrouvées dans la nuit de l'hiver avec Gaëlle qui n'était que l'ombre d'elle-même. Une nichée d'oisillons amochés et orphelins. On vivait un peu n'importe comment. Les copains venaient dormir à la maison. Je fumais des Gauloises et on se nourrissait de café au lait et de tartines de beurre. On pleurait, on riait. On se prenait des cuites avec Gaëlle, le soir. Ce n'était pas glorieux. On était perdus. On était libres. Et on s'est débrouillés comme on a pu.

Maman est restée longtemps, au moins trois mois. Quand elle est rentrée, elle allait mieux. Ça avait dû lui faire bizarre de nous larguer comme ça, aussi longtemps. Elle n'avait jamais vécu ça depuis qu'elle s'était mise à faire des gosses. C'était son premier grand voyage, la première fois qu'elle prenait l'avion, la première fois qu'elle faisait quelque chose rien que pour elle. À cinquante-quatre ans, il était temps. Sa dernière escapade c'était avec Bleuette, quand elles se sont tirées de chez la tante Alice et qu'elles se sont fait coffrer à leur arrivée à Marseille. Elles n'étaient pas majeures, les fugueuses, elles ont fini enfermés chez les bonnes sœurs. Depuis rien. Pas un seul petit voyage, pas un seul week-end en amoureux. Pas de nationale 7 ni de vacances en famille pour respirer l'air de la mer.

Elle a vite compris qu'on était partis en vrille pendant son absence. On n'a pas eu besoin de lui faire un rapport détaillé. Le seul truc qu'elle n'a vraiment pas aimé, c'est quand elle s'est rendu compte qu'on avait pissé dans son lit. Son beau matelas tout blanc, tout neuf, était maculé d'une auréole jaune immense. Elle s'est mise à gueuler : « Mais qu'est-ce que c'est ce bordel ? Qui c'est qui a pissé dans mon lit ? C'est pas possible, une saleté pareille ! Mais c'est un cheval qui a pissé dans mon lit ou quoi ? » Elle était en rage. C'est vrai qu'elle nous avait demandé de ne pas faire de connerie dans son lit. « Vous ne me ramenez personne dans ma chambre, personne dans mon lit. » C'était quasiment la seule interdiction. Elle tenait à son matelas et à son sommier tapissier comme la misère au pauvre monde. Elle l'avait changé juste avant la mort de Karim parce que celui d'avant, il était trop vieux, elle l'avait déjà avec mon père. Et peut-être même avec son mari d'avant. Il était complètement défoncé, avec comme un trou au milieu. Avec son poids, elle roulait dedans et ne pouvait plus bouger. Elle dormait très mal. Elle avait tellement attendu pour l'acheter. Elle hurlait qu'elle avait juste demandé de faire attention à ça et qu'on ne respectait rien. Bordel de merde, qu'est-ce qu'elle avait bien pu faire au Bon Dieu ?

J'avais essayé de planquer ma connerie. On s'y était tous mis, avant son arrivée. Ménage à fond. On avait eu de quoi faire. Je m'étais chargée de faire son lit. J'avais même pensé retourner le matelas pour qu'elle ne se rende compte de rien, mais les deux faces étaient tachées. La pisse avait traversé l'épaisseur de l'Épéda multispire. Ça n'a pas pris longtemps avant qu'elle renifle l'odeur qui flottait dans sa chambre. Malgré nos efforts, nous n'étions pas parvenus à faire disparaître les relents d'ammoniaque. J'avais atomisé la totalité de mon déo pour essayer de camoufler, mais pas d'effet magique d'Impulse pour moi, j'ai dû lui raconter fissa ce qui s'était passé.

Effectivement, ce n'était pas le pipi d'un humain. C'était le chien de mon directeur qui avait grimpé sur son lit pour pisser dessus. Ce n'était pas un cheval, mais presque. Un terre-neuve qu'il s'était fait refourguer. C'était un jeune chien, il ne pouvait pas le laisser cinq minutes seul sans qu'il ne massacre tout dans son appartement. Alors il préférait le prendre avec lui partout où il allait. Comme ça, son chien pouvait se vider la vessie sur d'autres lits que le sien. J'avais frotté comme une damnée pour nettoyer, mais ce con de clébard s'était vraiment laissé aller.

Maman était rouge de colère. Et quand elle a compris que c'était le chien de mon directeur, elle a vraiment pété les plombs. Je crois qu'elle aurait préféré un cheval ou un veau. Elle m'a demandé ce que son clebs foutait dans sa chambre. Comme elle était loin d'être idiote, elle a vite compris qu'on avait couché dans son lit. Et ça, elle n'a vraiment pas apprécié. Elle avait les idées larges mais fallait pas charrier non plus. Ce drôle de coco n'avait vraiment aucune limite. Il était qui celui-là, pour venir dormir dans son lit à elle ? Il prenait sa maison pour un bordel ou quoi ? C'était quoi, ce type qui venait se vider les couilles dans ses draps ? Sa maison n'était pas un déversoir. Il la prenait pour Madame Claude ? Elle n'était pas là pour ramasser toutes les saletés du monde ! Elle allait lui dire deux mots, à celui-là ! Elle était belle, l'Éducation nationale. Dire qu'on comptait sur des gens comme ça pour éduquer nos gamins ! C'était sans doute sa manière à elle de nous dire qu'elle n'avait plus trop envie d'être là, et qu'elle serait bien restée à regarder les écureuils dans le Maryland. Mon directeur en a pris pour son grade. Quant à moi, j'ai eu droit à tous les noms d'oiseaux, et elle avait du vocabulaire, Maman.

Elle a retrouvé sa place dans la cuisine et dans toute la maison, d'ailleurs. Avec ses 130 kg, c'était un peu normal. Elle avait un peu maigri, ces derniers mois. C'était elle la patronne. Elle avait pris un gros marron dans la figure. Son cœur était brisé en mille morceaux mais elle tenait la taule. Elle a repris le contrôle. Gaëlle était partie en vrille depuis la mort de Karim, et moi, je n'avais pas été des plus assidues au lycée.

Je m'y suis remise, j'ai passé mon bac de français. Plutôt pas mal. Arthur Rimbaud. Ma Bohème. C'était facile. C'était moi.

Je m'en allais, les poings dans mes poches crevées ;
Mon paletot aussi devenait idéal ;
J'allais sous le ciel, Muse ! et j'étais ton féal ;
Oh ! là ! là ! que d'amours splendides j'ai rêvées !

Ma mère était contente. Elle était fière de moi.

Après avoir bataillé pendant plusieurs années, ils avaient enfin accepté de lui verser une petite pension d'invalidité. Avec ses dix enfants et amochée comme elle était, c'était la moindre des choses. Avec Gaëlle, elle m'a emmenée dans une boutique de la ville voisine. Une boutique très chic, avec des vêtements de marque et des chaussures dingos. J'ai craqué pour ma première paire de Free Lance. On mangeait des patates mais on avait le goût des belles choses.

Partir

Pendant que je révisais mon français, mon directeur n'avait pas perdu son temps. Les projets de déménagement aux États-Unis l'avaient inspiré. Il s'était mis en tête de repartir travailler à l'étranger et l'idée de vivre aux *States* lui plaisait beaucoup. Il avait fait des tas de démarches auprès du ministère des Affaires étrangères, des Alliances françaises et au mois de juin, c'est un lycée international au Texas qui a pris contact avec lui pour lui proposer un poste. Il n'a pas hésité une seconde.

Il a quand même fait un camp d'ado en juillet. Comme Maman n'avait pas vraiment eu la tête à l'organisation de mes vacances, il m'a embarquée avec lui sans rien dire à personne, *clandestino*. On a passé un mois ensemble et au retour, il a fait ses cantines, bazardé son chien, sous-loué son appartement et à lui l'Amérique !

Fin août, je me suis retrouvée à Roissy à pleurer toutes les larmes de mon corps en regardant son avion monter très haut dans le ciel.

Son ami, qui nous avait conduits jusque-là, m'a déposée à la gare de l'Est. C'était la première fois que je mettais les pieds à Paris. Je n'avais pas d'argent. Mon mec s'était envolé sans même se préoccuper de mon retour chez moi. Adieu, veau, vache, cochon. J'étais trop fière. Je n'ai rien dit. Je suis montée dans le train, *clandestino*, et je me suis pris une amende.

Ma mère m'a engueulée quand je suis rentrée. Elle n'était pas au courant. Elle ne savait même pas que je devais rentrer seule de Paris. Elle pensait que le copain me ramènerait devant la maison. C'était quoi, ce con qui plantait une gamine même pas majeure sans lui donner de quoi rentrer chez elle ? Une pince. Un rapiat. Encore une fois, elle lui a arrangé la cravate. J'étais inconsolable, il était parti avant nous, sans moi et je me disais que parfois, ma mère n'avait pas complètement tort.

Lui est arrivé à bon port sans se prendre d'amende. Il s'est installé dans une petite résidence avec piscine commune. Il était heureux. Il m'appelait de temps en temps et m'envoyait des cassettes audio dans lesquelles il me racontait toutes ses aventures. Enfin, pas toutes.

Pour Noël, il m'a proposé de m'offrir le billet pour que je vienne le voir. J'étais contente de l'annoncer à Maman et de lui rabaisser son caquet, à celle-là.

Elle pouvait être vraiment méchante et injuste. Elle m'a laissée partir. Elle pouvait être gentille et large d'esprit, aussi. Ça a été le choc de ma vie. Merci, Maman. Je le savais depuis longtemps, mais là, ça a été une révélation. C'est là que je devais être. Bien évidemment, j'ai débordé sur les vacances. Je suis restée trois semaines. Il avait acheté un Combi Volkswagen orange, comme la Flandria de mon père, avec des petits rideaux à carreaux aux fenêtres et un lit deux places à l'intérieur. On a passé les vacances de Noël sur la route, direction San Antonio puis le Far West et le Big Bend National Park. On a dormi au bord du Rio Grande, juste en face du Mexique. Dans notre Combi orange. J'étais à ma place dans cette immensité, sur ces routes désertes, interminables et sans relief. Je pensais à Karim, à ma mère, à mes deux petits frères et à Mizouzou, la petite dernière. J'aurais voulu qu'ils soient là. Avec moi. Je savais que ce projet de vivre ensemble en Amérique ne se réaliserait jamais. L'immigration américaine avait fermé ses portes depuis longtemps. Oncle Sam n'avait plus besoin de vendre sa « terre promise » aux pauvres gens pour qu'ils débarquent par milliers à Ellis Island. Surtout pas à une bonne femme obèse lestée de quatre enfants. Désormais, le rêve américain était réservé à ceux qui pouvaient se le payer. *Money talks, bullshit walks*. Je pensais à eux. Je savais que nos chemins se sépareraient bientôt. Que je partirais. Que je les laisserais derrière moi. Que je me comporterais comme une putain d'égoïste.

J'ai eu du mal à rentrer, à faire le chemin dans l'autre sens. À retrouver cette vie que j'avais toujours voulu fuir. Mon directeur avait l'air amoureux. J'avais bien remarqué son petit manège avec deux ou trois filles qui lui tournaient autour, mais ce n'était pas important. Le plus important, c'était de tenir. Encore quelques mois. Il devait revenir en France pour les vacances. En septembre, je repartirais avec lui. Mon plan était tracé. C'était ma chance. Il n'y en aurait pas d'autres, des comme ça. Pour le moment, j'étais coincée. Toujours mineure. Mais bientôt, ce serait terminé. Il me faudrait partir. Partir sans casser tout cet amour qu'il y avait entre nous, tout cet amour qu'on avait construit ensemble, tous les cinq, pour faire barrage au chagrin et à la peur.

À mon retour, je ne suis pas retournée au lycée. Je n'ai pas pu faire semblant. Pas avec Maman. Je suis restée à la maison à attendre que les jours passent, les uns après les autres. Maman m'a gardée auprès d'elle. Elle m'a regardée faire. Ça a duré longtemps. Presque deux mois. Bloquée dans ma roue. Déjà. L'idée de reprendre une vie normale me rendait malade. Insurmontable. Je devais lui dire. Finir avant de pouvoir recommencer.

Un matin, elle est venue dans ma chambre. Elle s'est assise sur le bord de mon lit et m'a parlé. Elle m'a dit qu'elle m'aimait. Qu'elle était fière de moi. Qu'elle savait que j'allais partir. Que ça la rendait triste, surtout parce qu'elle n'était pas vraiment certaine que l'homme que j'avais choisi était bien pour moi. Mais elle savait que l'expérience des autres ne sert à rien. Que je devais faire ma route. Qu'elle aurait tellement voulu avoir du fric pour me payer des cours de théâtre à Paris. Le cours Florent. Je savais que c'était vrai. C'est elle qui m'en avait parlé la première. Moi, je ne connaissais pas le cours Florent. On savait bien, toutes les deux, que ce n'était pas possible. Elle non plus ne faisait pas semblant. Je l'écoutais. Les larmes glissaient sur mes joues. Je ne disais rien. Chacun de ses mots me consolait, me réparait, atténuait les conséquences. Elle me demandait de ne pas me perdre. De ne jamais oublier qu'elle était là. Me disait que je pourrais revenir. Toujours. Que personne ne prendrait ma place dans son cœur. Elle me demandait de me lever. D'aller au lycée. De passer mon baccalauréat. C'était important. Pour elle. Comme un cadeau que je lui ferais avant de partir. C'était aussi pour moi. Pour que je ne commence pas ma vie avec cet homme sur un sacrifice. Aucun homme ne mérite qu'on sacrifie sa vie et son avenir pour lui. Jamais. Elle savait de quoi elle parlait. Je devais le faire pour devenir une femme indépendante. Pas comme elle. Travailler. Gagner ma vie. Ne jamais dépendre de quiconque. Ne jamais servir de paillasson à l'autre. Rester fière de ce que je suis. De là d'où je viens. Ne jamais douter.

Elle m'a serrée dans ses bras. Je pleurais comme un bébé. Son bébé. Je me suis levée. J'ai pris une douche. J'ai ouvert mon carnet de correspondance. On était quel jour ? Le prochain cours était à 10 heures. Salle 206. J'ai pris mes cahiers et je suis partie.

J'ai mis le paquet. Les profs m'aimaient bien. Ils me trouvaient mature. Ben oui, comment vous dire ? L'enfance, l'adolescence étaient bien loin derrière moi. J'avais eu droit à la version accélérée du film. Et à pas mal de coupures au montage.

J'ai passé mon bac. Je l'ai eu. Ma mère n'était pas là. Elle était repartie voir les écureuils. Elle pouvait. Elle avait confiance. Je l'ai appelée pour lui annoncer la nouvelle. Elle était heureuse.

En septembre, mon directeur a pris un vol direct pour Houston. J'ai fait une halte à Baltimore. Pour voir Maman. Lui dire au revoir. On devait passer une semaine ensemble chez sa sœur. Elle m'attendait à l'aéroport. Elle avait toujours une longueur d'avance cette bonne femme. Ça m'a fait bizarre de la retrouver si loin de chez nous. Si loin de sa cuisine. Elle était là, un peu moins grosse. Elle portait un pantalon et un T-shirt. Dégagées, les robes sans forme. L'Amérique l'avait rendue plus légère. Elle avait coupé ses cheveux aussi, un carré à l'épaule. À la benne, son chignon crêpé sur le haut de sa tête. Je me suis précipitée dans ses bras. Dans ses seins. Dans son cou. Elle sentait bon, ma mère.

Juillet

Je suis partie. Pas loin. Juste de l'autre côté du canal. Y a des canaux, dans ma ville. C'est bien, l'eau, pour mettre de la distance.

Cela fait plus de cinq mois que nous vivons comme cela, chacun dans son lit. Dans le même appartement. On cohabite en essayant de répondre aux standards CSP+ de la séparation. En adultes responsables. « La fin du couple marital ne veut pas dire la fin du couple parental » et tutti quanti. Jamais dire un mot plus haut que l'autre. Surtout, éviter les fractures brutales. Gérer la séparation avec intelligence comme on nous dit dans les magazines. Rester digne. Empathique.

C'est super à la mode, l'empathie.

À suivre à la lettre les conseils d'experts, ces derniers mois, on était ensemble à la maison, ensemble chez les amis, ensemble dans les mêmes soirées. Toujours ensemble. Encore ensemble. En fait, c'était pareil qu'avant. À force de vouloir tout préserver, personne ne finit plus rien. On devient consensuel. Tiède. Illisible. Et moi, je n'aime pas ça. Je ne suis pas une femme tiède et consensuelle. Je n'aime pas les codes et les pis-aller. Les conduites d'évitement. Quand c'est fini, c'est fini. Je fais un grand trou et je balance tout dedans. Les baisers, les caresses, les mots d'amour, les promesses. Je n'oublie rien et j'enterre tout sous de grandes pelletées de terre bien sèche, très faible en contenu organique, pour être certaine que rien ne repoussera jamais.

Je suis comme ça, je fais des trous. Des petits et des grands. Pour semer, pour me reposer, pour oublier, pour respirer, pour me planquer, pour enterrer ma mère, mon frère, mon père et mes amours. Pour me débarrasser et ne plus me souvenir. Ça ne dure pas toujours. L'enfouissement a ses limites. Bien des années plus tard, ça vous remonte en pleine poire. Mais sur le moment, ça fait le job.

La distance, même symbolique, m'est nécessaire. Je dois partir, formaliser la rupture. Là, je me heurte à un mur mou. Je n'ai pas de prise. Il concède tout, mais n'accepte pas.

Je n'ai pas le choix. Il faut que je me magne. Que je dynamite. Que je ventile. J'ai un divorce par consentement mutuel sur le feu, mais aucun signe extérieur de séparation et de consentement. Je n'en peux plus, de cette mascarade. De cette propreté. De cette bienveillance. C'est lourd. C'est long. J'ai besoin d'air.

Je sais qu'il joue la montre. Que ces bons sentiments se désintégreront à la minute où il comprendra que la partie est perdue.

Je connais la suite. Je ne suis pas naïve. L'intellectualisation a ses limites. Il va se mettre en colère. La cellule familiale façon CSP+ risque fort de se transformer en arène. Je ne veux pas que Sacha se retrouve sur le banc à compter les points. Normalement, c'est lui qui devait partir, il me l'avait promis. Il devait nous laisser, Sacha et moi, et prendre un appartement. Mais tenir ses promesses, ce n'est pas son truc. J'ai assez attendu. L'année scolaire est terminée. Il ne veut pas bouger, je me tire.

J'ai posé mes valises chez ma petite sœur, la Mizouzou. Celle qui ouvrait la cage des moutons.

Mon compagnon de route, c'est elle.

On n'est jamais loin l'une de l'autre.

Une promesse qu'on s'est faite depuis la mort de Maman.

Comme souvent dans nos vies, on traverse la même histoire au même moment. Elle aussi vient de quitter son mari. Elle en est au troisième. Elle a pris un peu d'avance sur moi. Côté gamins, on est *ex aequo*. Deux garçons pour elle, deux filles pour moi.

Nous sommes comme des petites batteries. Il suffit de nous mettre côte à côte pour qu'on se recharge à bloc. On se remplit, on se renfloue, on se soutient, on se régénère.

Comme je suis un peu à plat, ça tombe bien. Je vais passer l'été chez elle. J'ai besoin de son énergie, de sa légèreté, de sa déraison. Cette femme, c'est ma potion magique. Mon eau de jouvence. Ensemble, on ne sera jamais vieilles. On sera toujours les enfants de Maman. On pourra toujours raconter, se souvenir et recommencer.

Lui restera dans l'appartement, le temps de trouver un endroit ailleurs. Il a jusqu'à fin août pour s'en aller, ensuite je récupérerai l'appartement et on préparera la rentrée avec Sacha. Il me faudra aussi trouver un nouveau boulot rapidement. J'ai encore un peu d'argent, j'ai fait quelques ventes dans une agence immobilière ces derniers mois. Ça ne marche pas trop mal, mais je suis lucide. Ma carrière d'auto-entrepreneur touchera bientôt à sa fin. J'ai besoin d'un revenu fixe pour payer mon loyer et subvenir aux besoins de Sacha. Lola, ça va. Elle est autonome. Avec Paul, ils se débrouillent.

On verra ça en septembre. C'est l'été. Sacha fait la navette entre les deux appartements, et moi, je me sens enfin libre. Vivante. Ma sœur me coache. Elle me fait du bien. On se peint les ongles et on sirote du vin blanc dans les paillotes au bord de la plage. C'est notre convalescence. On se répare.

Je n'ai pas peur. Je sais que je vais y arriver. Je le sens. Comme une force en moi qui me porte et me rend invincible. Mais là, juste là, je veux qu'on me foute la paix. Je veux vivre ce moment. Juste deux mois d'insouciance et de légèreté. C'est comme une urgence. Un rendez-vous qui ne se présentera plus. J'en ai besoin. Ce n'est pas un caprice. Je n'ai pas perdu les pédales. Je promets de redevenir normale et prévisible dès septembre. De remettre le costume de mère responsable, de femme solide et posée. De trouver du travail, de faire les courses, de m'occuper de la bouffe, de la maison, des factures et de toutes les emmerdes qui s'accumulent.

Arrêter de courir dans ma roue.

Juste deux mois.

Time out.

La baie d'Alger

Il ne pleut pas. Je ne suis pas à Nantes. Je n'ai pas reçu de télégramme me demandant de venir vite à son chevet. Il n'a pas demandé à me voir.

C'est ma sœur qui m'a annoncé la nouvelle.

Elle était montée en Lorraine pour voir Maman. Je ne sais plus pourquoi, elle avait besoin d'un acte de naissance. Elle est allée à la mairie.

À peine arrivée dans le hall, elle s'est fait harponner par la mère d'une amie d'enfance qui travaillait là. Elles blablatent un moment et ma sœur, qui n'a pas que ça à faire, finit par lui tendre son livret de famille et avance vers le guichet. La dame s'installe à son poste, ouvre le livret de famille. Elle lève la tête, la regarde, un peu gênée, et lui demande de patienter. Mizouzou la voit partir dans un bureau. La porte reste entrouverte, elle discute avec une collègue. Elles reviennent toutes les deux et lui demandent de les suivre. Elles ont quelque chose d'un peu délicat à lui dire. Ma sœur commence à s'inquiéter. La collègue a l'air ennuyée, elle lui dit qu'ils l'ont cherchée, qu'elles savaient qu'elle vivait dans le Sud mais qu'elles n'ont jamais pu trouver son adresse. Ma sœur ne comprend rien. Pourquoi la chercher ? Ce n'était pas si compliqué, de trouver son adresse, il suffisait d'appeler sa mère. Oui, mais ce n'est pas le même nom. Elles n'avaient pas fait le rapprochement. C'est un notaire qui les a appelées pour avoir ses coordonnées. Un notaire d'Algérie. Ma sœur est complètement larguée. C'est quoi, cette histoire de notaire d'Algérie ? Pourquoi un notaire algérien chercherait-il à la joindre ? Les femmes se rendent compte du malaise. Ma sœur ne sait pas. Ah bon, vous n'êtes pas au courant ? Ben non, au courant de quoi ? Votre père est décédé. Ma sœur accuse le coup. Un peu, pas longtemps. Pas besoin de chaise pour s'asseoir, de verre d'eau, de mouchoir. Elle donne ses coordonnées et prend celles du notaire. Avant de quitter le bureau, elle se retourne et demande :

— Il est mort quand ?

— Je ne sais pas exactement, mais ça fait un moment, lui répond la femme.

En sortant de la mairie, elle appelle Maman :

— Devine qui est mort ?

— Je ne sais pas.

— Mon père.

Maman est secouée. Elle ne l'a plus revu depuis la mort de Karim. Il ne venait plus. Il n'avait rien à faire là. Venir voir ses enfants, pourquoi ? Il se contentait d'aller à Marseille pour récupérer sa pension, faire quelques achats, et il remontait sur le bateau. C'était plus rapide. Et la charge émotionnelle était plus supportable. J'imagine.

Moi, je l'ai revu.

Après Houston, on est parti en Afrique de l'Ouest. À la fin de son contrat, mon mari, le directeur, a voulu faire le retour en 4 × 4. La Transsaharienne. L'Algérie. Fallait que j'y aille. C'était nécessaire. De voir où il vivait. Où il croupissait. Je voulais parler à Zora, aussi. Lui parler de Karim. Voir ce pays où il avait vécu.

On est arrivés chez lui après un mois de voyage. Le 4 × 4 rouge a remonté la rue, il vivait chez son frère. Je me souvenais de l'adresse. C'était toujours la même. Celle que Maman écrivait sur l'enveloppe quand Papa lui demandait d'écrire des lettres pour Zora.

Il était là. Assis sur une chaise. Sur le trottoir. Devant la maison.

Il m'attendait.

J'avais tellement imaginé ce moment. Sept ans. À mouliner. Après les funérailles de Karim, il était reparti. On ne s'était rien dit. Pas un mot. Il n'y avait rien à dire. Que de la rage à hurler. Sept ans. Et je me retrouvais en face de lui, devant la maison de son frère où il vivait avec sa femme, en attendant de finir sa maison à lui.

Il était sincèrement heureux de me voir. Je l'ai vu dans ses yeux. Enfin, je crois. Il ne savait pas trop comment s'y prendre, j'avais toujours été son bâton merdeux. J'ai senti qu'il avait envie de me prendre dans ses bras. J'y suis allée. Après tout, ce n'était pas comme si j'avais passé ma vie à me pelotonner contre lui.

Il nous a proposé d'aller chez Zora. C'est chez elle que nous étions logés. Il a fait l'impasse sur la visite de la maison de l'oncle. Fallait pas pousser, non plus, et le serpent n'avait pas vraiment envie de me voir traîner là trop longtemps.

Tous les gens du quartier commençaient à s'amasser autour de nous pour voir à quoi je ressemblais.

À lui.

Grande. Brune. Les yeux noirs. Zéro doute. Je faisais même plus locale que certains de mes cousins et cousines, que je découvrais avec des cheveux roux et des yeux verts.

La rencontre avec Zora a été intense et douloureuse. D'abord, les pleurs pour la joie de me rencontrer, et puis encore les pleurs, pour Karim, pour ce chagrin qu'elle avait vécu seule, loin de nous, et qui nous mangeait toujours.

Nous devions passer quelques jours avec eux avant de reprendre le bateau pour la France. Mon père avait organisé notre séjour et planifié chaque sortie. Il voulait me garder pour lui seul. Le soir, quand nous nous retrouvions chez Zora pour le repas, il y avait toujours plein d'individus, des cousins, de la famille éloignée, des voisins. Nombreux voulaient nous inviter pour le lendemain ou nous accompagner dans nos balades. Mon père leur disait toujours oui. Pas de problème. Mais le lendemain, un taxi nous attendait bien avant l'heure dite et nous partions tous les trois. Mon mari, lui et moi. Il ne voulait pas partager. C'était notre moment. Le seul qu'on ait vraiment eu.

Pendant ces quelques jours, j'étais sa fille et il était mon père.

Un jour, nous sommes allés à Alger, il voulait me faire visiter la Casbah, la grande poste et plein d'autres endroits. Il nous a invités dans un restaurant très chic. Il y avait de l'alcool. Il a demandé à mon mari de choisir une bonne bouteille. Il a bu avec nous. Comme pour me dire : « Ne crois pas que je sois devenu meilleur. Je ne vous aurais jamais fait ça. »

Plus tard, on s'est retrouvés au sommet d'un centre commercial, sur un toit terrasse. Il voulait me montrer. On avait un point de vue magnifique sur toute la baie d'Alger. On s'est accoudés à la rambarde, l'un à côté de l'autre. Le nez au vent. Le regard perdu. On cherchait à voir la côte, de l'autre côté de la Méditerranée. La France me manquait. Je n'y avais pas remis les pieds depuis presque un an. Ma fille me manquait aussi. Lola avait à peine dix mois. C'est Mizouzou qui était venue la récupérer et qui l'avait emmenée en France avec elle pour nous permettre de faire ce voyage. Comme moi, mon père scrutait l'horizon. Il m'a regardée et m'a dit qu'il venait souvent là. Seul. Il restait des heures à regarder de l'autre côté. À imaginer nos vies. Il m'a dit qu'il avait eu raison de partir. Qu'il était fier de la femme que j'étais devenue. Que jamais j'aurais pu devenir cette femme s'il était resté. Qu'il m'aurait empêchée, à cause des histoires que ça aurait fait et tous les autres qui n'attendaient que ça et épiaient nos moindres gestes. Et puis, il a parlé de Karim. Jamais il ne pourrait se pardonner ce qui était arrivé à Karim. Jamais. Je ne lui ai pas répondu que moi non plus, je ne lui pardonnerais jamais. Je ne lui ai pas dit non plus que c'était facile de me servir ses remords et de me dire qu'il nous avait rendu service en mettant les voiles. Je ne lui ai pas dit que le plus simple aurait été qu'il s'occupe de nous et de Maman, en bon père de famille et en bon mari. Qu'il aurait pu envoyer chier son frère et tous ceux qui l'empêchaient d'élever ses enfants comme il le voulait. Que personne ne lui avait demandé de boire comme un ivrogne. Surtout pas sa culture ni sa religion. Je ne lui ai pas dit non plus que j'avais passé des heures à prier pour qu'il crève. Je n'ai rien dit. Ça servait à rien. C'était trop tard.

Je suis rentrée en France. Croyant que, peut-être, quelque chose de bien pouvait ressortir de ces brèves retrouvailles. J'ai pris des nouvelles. Il m'a appelée de temps en temps, surtout pour me demander des services. Je n'avais pas envie de lui rendre service. Non, il n'y avait rien de bon à tirer de cette histoire. J'avais fait le voyage. J'avais vu. Il s'était conduit comme un homme, comme un père pendant ces quelques jours. J'en ressortais apaisée, mais pas guérie.

C'est la dernière fois que je l'ai vu. Je ne m'en sors pas si mal. Mes petits frères et ma sœur n'y ont pas eu droit. Pas un mot. Pas un souvenir doux sur la plage de Sidi Ferruch. Pas la plus petite tentative de rapprochement.

La blessure restera béante. Pour toujours.

Il est mort. Et à en croire ma sœur, cela ne datait pas d'hier.

Ils se sont retrouvés chez Maman pour appeler le notaire.

Il leur a dit qu'il était mort le 28 septembre dernier.

Nous étions fin février.

Cinq mois. Ça calme.

Les rejetons français, même s'ils les avaient abandonnés, restaient ses rejetons. Le notaire a insisté. Il fallait venir rapidement pour régler les questions d'héritage. Selon lui, la maison de mon père valait une fortune. Et il y avait pas mal de liquidités sur son compte. Mes frères y ont cru. Je ne me sentais pas concernée par cette histoire. Je n'avais pas son nom, je n'étais pas sa fille. Ma mère ne voulait pas qu'ils y aillent seuls. J'étais l'aînée. Elle m'a demandé de les accompagner. On est partis ensemble. Un voyage initiatique. Un retour aux sources.

Revenir en Algérie, accompagnée de mes petits frères et de ma sœur, m'a émue.

Nous devions être hébergés chez Zora. Son mari était venu nous chercher. Sa maison avait bien changé. L'intérieur était plus cossu et elle avait pris plusieurs étages depuis mon dernier passage.

Elle nous a tout de suite emmenés à la banque. Ça a duré la moitié d'un paquet de cigarettes. J'attendais dehors. Ça me faisait marrer de rester là, à fumer clope sur clope dans la rue de son village. Mon père n'aurait pas aimé. À chacun ses combats. L'héritage a été à la hauteur de son amour. 230,90 euros. Ma petite sœur est ressortie de la banque pliée en deux tant elle riait. Elle se moquait des frangins qui pensaient toucher le jackpot. Elle, elle s'en fichait. Elle était blindée. Elle avait payé les billets d'avion et n'était venue que pour eux. Pour signer. Elle aurait préféré mille fois prendre un hôtel à Maubeuge que de faire ce voyage. Elle n'attendait plus rien de lui. Elle l'avait effacé de son programme. Enfin, elle le croyait. En vérité, on n'efface rien.

Après la banque, on a quand même eu droit à la visite au cimetière. On a marché un peu, il faisait chaud. On est arrivés devant sa tombe. On a la larme facile, dans la famille, mais fallait pas nous en demander trop quand même. Le vieux était mort depuis presque six mois, à présent. Ma sœur et moi étions encore pleines de conneries, à taquiner les garçons sur leurs rêves d'héritage. On avait dû mal à se remettre de la grosse blague de la banque. Ce n'était pas le bon timing pour se recueillir sur une tombe. Encore moins sur la sienne. Pour pleurer, il aurait fallu qu'on fasse un gros boulot de préparation. Une mise en condition. Un tri fastidieux entre les mauvais et les mauvais souvenirs. J'avais tant prié pour qu'il crève. Comment pleurer, maintenant ? C'était sinistre. Drôle. Tellement incongru. Comme nous. Comme cette tartuferie. Il n'avait rien fait pour qu'on soit là. Il avait raison, ce n'était pas notre place.

On a tourné les talons et on est repartis.

Dès le lendemain, Zora a commencé à nous entreprendre. Elle parlait de notre père et de sa maladie, mais surtout de cette femme méchante qu'il avait épousée et qui l'avait maltraité pendant des années. La vieille avait tous les défauts du monde. À entendre parler Zora, elle l'avait presque laissé crever comme un chien. Heureusement qu'elle avait été là. Tu m'étonnes. Ma sœur et moi, on la voyait venir. Elle n'était pas très fine. Ce n'était plus la Zora que j'avais rencontrée à mon retour d'Afrique. Vingt ans s'étaient écoulés. Celle qu'on croyait seule, abandonnée dans les serres du vieux rapace, avait su tirer son épingle du jeu. Elle avait eu Papa rien que pour elle, bien plus longtemps que nous ou que Karim. Tant mieux. On lui devait au moins ça. Même s'il avait bu un verre de vin avec nous lors de notre dernière rencontre, je ne pense pas qu'il s'était comporté en Algérie comme il se comportait en France. Elle avait eu droit au meilleur. Pour nous, il ne s'était jamais donné la peine. Là-bas, il avait construit une maison. Il s'occupait de sa fille et de ses petits-enfants. C'était un homme respectable. Un bon père. Un bon grand-père. Un bon musulman.

Très vite, j'ai compris que Zora n'avait jamais vraiment cherché à nous joindre. Si elle l'avait voulu, elle y serait parvenue. Avec toute la communauté algérienne qui allait et venait entre nos deux pays, c'était facile de nous alerter sur l'état de santé de notre père. Il n'avait pas demandé à nous voir. Elle n'avait pas insisté.

La moitié du village avait défilé dans la cour de Zora pour nous dire que notre père était vraiment un homme gentil et serviable. Mais pas de notaire. Mizouzou avait décidé de rentabiliser son voyage. À s'emmerder, autant le faire intelligemment. Elle ne se faisait aucune illusion sur son héritage alors autant se faire bronzer. Elle s'était installé un matelas dans la cour et passait sa journée à tirer sur les liens de son maillot deux pièces pour éviter les marques. Entre deux visites, quand les hommes de la maison étaient partis, elle n'hésitait pas à retirer le haut. Cela faisait rire les jeunes femmes. Pas les vieilles qui la lorgnaient en baragouinant des prières pour qu'Allah pardonne à Zora d'avoir fait rentrer cette diablesse dans sa maison. J'adore ma sœur. Son irrévérence. Son sens de la répartie. Elle me réveille. Elle me bouscule. Elle me souffle à la figure quand je commence à manquer d'air. Et c'était le cas. J'étouffais. Je sentais l'explosion arriver. Le gros clash.

Cela faisait déjà trois jours que nous étions là, et pas de nouvelles du prétendu notaire. Pas de rendez-vous. Pas de documents à signer. Rien. Le temps filait. Encore deux jours et on pliait bagage. C'était quoi, le plan ? Chaque fois que je demandais des explications à Zora, elle se perdait dans des explications qui n'avaient aucun sens. Je ne comprenais rien à ce qu'elle disait mais je voyais bien que je l'agaçais, et le jeune qui nous servait d'interprète passait son temps à se faire engueuler.

Elle a fini par nous dire la vérité. On n'avait pas besoin d'aller voir le notaire. Il lui avait remis un document à faire signer à mes deux frères et à ma sœur. Moi, je n'étais pas sur le livret de famille. Avec ce document signé par ses quatre enfants, elle pouvait virer la vieille et vendre la maison. Si sa femme était morte avant lui, il y a fort à parier que jamais aucun notaire n'aurait cherché à nous joindre. On n'aurait rien su de la mort de notre père. Et tout le monde aurait été content. Surtout Zora. Elle aurait gardé le secret pour toujours, la frangine.

L'ambiance était de plus en plus tendue. Mizouzou soufflait autant qu'elle pouvait pour m'aider à respirer, mais elle aussi commençait sérieusement à avoir mal au ventre. Avant de partir, elle voulait voir à quoi ressemblait la femme de Papa. Bizarrement, depuis notre arrivée, on ne l'avait pas vue, et Zora ne nous avait pas emmenés voir la maison de notre père. Les deux femmes ne se parlaient plus. Si on voulait la voir, on pouvait le faire, mais sans elle. La maison était au bout de la rue, juste quelques mètres plus bas. Ah bon ?

On est sorties avec les frangins et on a marché sur le trottoir cabossé. La maison de mon père était la dernière, à droite.

Elle était vraiment moche. Un rectangle de béton gris. De plain-pied. Pas de volumes. Pas de fantaisie. Une boîte. Triste. Même son jardin était vilain. Quelques fleurs par-ci par-là, le long de l'allée, et des graviers partout. J'étais déçue, je pensais qu'il s'était fait un joli petit nid. Une maison avec un jardin luxuriant, entouré de bougainvilliers dégoulinants le long des murs. Un havre de paix, enchanteur comme les maisons jardins de Ghardaïa, ou les maisons en pierres de Kabylie.

Mon frère a poussé le portillon et nous nous sommes dirigés vers la porte d'entrée. On n'a pas eu besoin de toquer, elle a ouvert avant pour nous accueillir. Elle m'avait reconnue. C'est vrai que je l'avais rencontrée vingt ans plus tôt.

L'accueil a été chaleureux et inquiet. Elle était émue, aussi. Elle nous touchait le visage, les mains et les avant-bras. S'excusait de ne pas avoir pu nous voir plus tôt. Elle savait que nous étions là, mais elle ne pouvait pas se manifester. Zora ne voulait pas la voir. Tout en posant le décor, elle nous a proposé de nous asseoir dans son salon. Elle est partie à la cuisine pour revenir très vite avec un plateau. Il y avait du thé, de l'eau et des biscuits secs. Elle parlait un peu le français. On pouvait la comprendre. Elle passait son temps à joindre ses deux mains et à les embrasser en remerciant Allah de nous voir en bonne santé. Elle nous a dit que mon père parlait toujours de nous, elle répétait les prénoms de chacun pour nous prouver qu'elle nous connaissait bien. Pour appuyer son propos, elle nous a fait signe de la suivre. Elle voulait nous faire visiter la maison de notre père et nous montrer quelque chose dont il était très fier, dans sa chambre. La maison n'était pas grande. Le salon à gauche en entrant. La cuisine en face, à droite. Au milieu, un couloir qui menait à la salle de bains et aux toilettes. Au fond du couloir, deux chambres. À droite, celle de mon père. En entrant dans la pièce, même après tant de temps, j'ai retrouvé son odeur. Les murs en étaient imprégnés. C'était un carré froid et vide. Un lit, une armoire sur le côté et, en face du lit, un tableau accroché au mur. Nous étions là. Karim, ma sœur, mes frères et moi. Un portrait de groupe après démolition. Il avait donné les photos de chacun de nous à des âges différents, les seules qu'il avait. Le portraitiste avait fait le reste.

Un tableau peint en gris et blanc. Totalement anachronique. Un assemblage improbable de nos vies à des moments différents. Glaçant. Nos visages auréolés d'un halo blanc flottaient sur le fond gris. Comme les représentations de la Sainte Vierge ou du petit Jésus, mais en plus flippant.

Elle se réjouissait de pouvoir nous prouver qu'on avait toujours été avec eux. Qu'on avait fait partie de leur vie. Jusqu'au bout, il avait voulu voir nos visages.

J'avais la tête en feu. Envie de vomir. Envie de crier.

Mes frères et sœurs étaient complètement chamboulés.

C'était sa chambre. C'était nous. C'était notre père.

On est retournés au salon. La vieille dame nous a proposé de venir manger chez elle le soir même. Nous avons accepté. On repartait le lendemain, en fin d'après-midi.

On est rentrés chez Zora. Assomés. Arrivés chez elle, nous lui avons dit que nous étions invités chez

Papa pour dîner. Elle était contrariée. Elle nous a dit qu'elle nous accompagnerait. Elle ne voulait pas nous laisser seuls avec cette sorcière.

On est arrivés en nombre. Zora avait rameuté ses soldats. Il y avait un beau-frère que je connaissais. Il était venu à la maison en France, et je l'avais revu ici, lors de mon premier voyage. Il avait pris un coup de vieux depuis la dernière fois, mais je l'ai reconnu. Il y avait aussi une femme. La quarantaine. Un peu forte. Habillée à l'européenne. Elle m'a dit être juriste. C'était la voisine de Papa. Sa maison se trouvait un peu au-dessus, juste avant celle de Zora.

Les présentations faites, on s'est installés autour de la table basse. La juriste s'est assise au milieu du canapé. À sa droite, le type que je connaissais, à sa gauche Zora.

J'ai pris place dans un des fauteuils. Mizouzou s'est collée à moi, une fesse sur un accoudoir à ma droite. Mes deux petits frères à côté, sur ma gauche.

La femme de mon père s'affairait autour de la table. Elle savait bien que son sort allait se jouer ce soir-là. Zora était venue pour marquer son territoire. Elle n'était pas invitée. Elle s'était imposée. Et elle n'était pas venue seule.

La grosse juriste, assise en face de moi, sirotait son jus de fruits. Elle nous regardait avec un petit sourire en coin.

Le beau-frère qui n'avait pas pris la peine de venir nous voir jusqu'à ce soit, nous posait les questions d'usage. Comme va votre mère ? La santé ? Et les enfants ? Combien ? Ah, tu en as deux, et toi, Mizouzou ? Un garçon ? C'est bien.

La juriste écoutait, je la voyais faire de petits mouvements de la tête. Comme des cercles, d'abord tout petits, et ensuite plus amples. J'attendais qu'elle crache son venin. Je savais qu'elle était là pour ça.

— Eh ben, vous êtes tous bien, à ce que je vois. C'est bien. C'est bien. Je connaissais bien votre père. C'était un grand ami. Il venait me voir très souvent.

— …

— Je l'aidais beaucoup pour ses papiers. Chaque fois qu'il avait un problème, il venait me voir.

— C'est gentil, ça.

Je ne pouvais m'empêcher de lui répondre

— Oui, oui, c'est gentil. Il ne savait pas écrire. Vous le savez ?

— Oui, on sait.

— C'est moi qu'il venait voir pour écrire ses lettres.

— …

— Et il en a écrit, des lettres.

— Ah bon ?

— Oui, oui, beaucoup de lettres. Jamais une réponse.

— Et il les écrivait à qui, ses lettres ?

— À vous.

— À nous ?

— Oui, à vous.

— À qui, nous ? À moi ? À ma sœur ? À mes frères ?

— À vous. Combien de fois je l'ai vu pleurer, le pauvre. Et maintenant qu'il est mort, c'est un miracle, vous accourez.

— On accourt ?

— Oui, oui. Vous êtes tous là.

— Vous êtes qui, madame ?

— Je vous l'ai dit, je suis juriste et je suis une amie de votre père. Le pauvre, paix à son âme, il a tellement souffert de votre ingratitude. Jamais une lettre. Même pas une carte postale. Tous les jours, je le voyais. Il attendait. Rien. Jamais. Et avec l'accident de Karim, il était détruit.

J'ai éclaté de rire.

— L'accident de Karim ?

— Je parle de la mort de votre frère, et toi, ça te fait rire ?

— Non, c'est pas la mort de mon frère qui me fait rire, c'est toi, Madame la juriste.

Elle s'était permis de me tutoyer, c'était *open bar.*

— De quoi tu parles ? De quel accident ? Karim n'a pas eu d'accident. Il n'est pas tombé de la fenêtre en fermant les volets. Karim a ouvert la fenêtre pour se jeter dans le vide. Il s'est suicidé.

Zora s'est mise à pleurer en poussant des « *Yemma ! Yemma !* » Comme son père. Ma petite sœur commençait à s'agiter à côté de moi. Elle voulait qu'on s'en aille.

Je me suis mise à dodeliner de la tête, comme la grosse.

— Eh oui, *hchouma*. Mais, c'est la vérité. Il a sauté par la fenêtre, devant ses yeux. Il te l'a dit, ça, ton grand ami ? Il te l'a dit, qu'il était bourré et qu'il avait passé toute la journée à l'humilier, à le traiter de moins que rien parce qu'il n'avait pas les moyens de payer un costume à son oncle ? Il te l'a dit, ça ? Il te l'a dit qu'il a passé son temps à lui pourrir la vie et à traiter sa femme de pute de Française ? Oui, il était gentil, ton ami. C'était un bon père, avec nos photos dans sa chambre. Il te l'a dit, qu'il a passé toute notre enfance à se saouler la gueule, à nous terroriser et à menacer de jeter ma mère par la fenêtre, comme il l'avait fait avec la mère de Zora ?

Maintenant, Zora mettait ses mains sur ses oreilles pour ne plus m'entendre. Les femmes autour de nous hurlaient pour dégager les gosses, qui avaient rappliqué dans le salon. Bien fait pour elles, elles n'étaient pas invitées, elles avaient qu'à rester chez elles. La femme de mon père ne sortait plus de sa cuisine.

Je voyais que c'était douloureux pour mes frères et ma petite sœur. Mais je ne pouvais pas m'arrêter, il fallait que ça sorte. Le beau-frère, qui manifestement avait le rôle du *good cop*, s'est approché de moi pour me demander de me calmer. Vraiment, on ne pouvait pas dire des choses comme ça dans la maison d'un mort.

— Dans la maison d'un mort ? Ça fait plus de six mois qu'il est enterré ! Pourquoi tu veux que je me taise, toi ? Tu vas me dire ce que je peux dire et ce que je ne peux pas dire, maintenant ? Tu sais que c'est la vérité. Tu es venu chez nous. Tu l'as vu faire. Vous avez picolé ensemble. C'est ça que je ne dois pas dire ? Si tu veux que je reste calme, ne la laisse pas raconter n'importe quoi. Elle nous provoque devant tout le monde, elle nous fait passer pour des enfants ingrats et je dois me taire ? On ne la connaît pas, elle nous connaît pas. Qu'est-ce qu'elle vient me chercher, avec ses histoires de lettres ? Qu'est-ce que tu veux qu'on en ait à foutre, de ses lettres ? Et même si on les avait reçues, ça se mange pas, les lettres, ça paye pas le loyer, le chauffage, les études. Il croyait quoi ? Qu'on allait pourrir toute notre vie au même endroit ? Qu'on allait rester là à attendre ses lettres ? Combien de fois il est venu en France pour venir chercher sa pension, depuis la mort de Karim ? Combien ? Est-ce qu'il est venu voir ses enfants ? Est-ce qu'il est venu nous parler depuis la mort de Karim ? Non. Il en avait rien à foutre de nous. Il venait ramasser son fric et repartait aussi sec pour faire le beau ici. L'homme respectable ? Jamais il a donné un centime à ma mère pour nous élever. *Macache walou.* Tu comprends ça, Madame la juriste ? *Macache walou.* T'as des enfants. T'as un mari. Tu diras quoi, quand il te laissera pour prendre une femme plus jeune que toi ? Tu trouveras ça normal ? Eh bien, prépare-toi, parce que ça va bientôt t'arriver.

La grosse suffoquait comme un éléphant de mer sur son canapé. Manifestement, je lui avais piqué la vedette côté plaidoirie. Je me suis tournée vers ma sœur :

— Et toi, Zora... Toi qui t'es occupée de notre père comme une bonne fille, jusqu'à la fin, à quel moment tu as décidé de nous annoncer sa mort ? Avant ou après que la juriste t'ait dit que tu ne pouvais rien faire sans les signatures de tes frères ? Hein, Madame la juriste, c'est vous qui avez géré ce petit carnaval pour nous faire venir ? Intelligente comme vous êtes, vous n'avez pas trouvé le moyen de nous contacter avant pour nous dire qu'il allait mourir ? Pourtant, avec toutes les lettres que vous nous avez écrites, vous devez bien vous souvenir de nos adresses, non ? Il est où, ce notaire qui voulait tant nous voir ? On ne l'a jamais vu. C'est bizarre, vous ne trouvez pas ? Alors, on va arrêter ce petit jeu, maintenant. Terminé, le repas de famille. On va aller se coucher, et nous, demain, on reprendra l'avion pour rentrer chez nous. Ce sera très bien comme ça.

J'ai quitté la pièce pour saluer la femme de mon père, toujours tapie dans sa cuisine. J'ai embarqué ma petite sœur et les deux frangins, et nous sommes rentrés nous coucher.

Le lendemain matin, nous avons préparé nos bagages.

Au petit déjeuner, Mizouzou a annoncé qu'elle ne signerait aucun papier. Sans sa signature, tout était bloqué.

La vieille dame resterait dans sa maison.

Zora n'a pas eu le cran de revenir à la charge sa petite mise en scène de la veille avait tourné au fiasco, *Festen* à *Bab-el-Oued City.*

On a dit adieu et merci à toute la maisonnée, et zou, direction l'aéroport.

Je n'avais qu'une hâte. Partir.

Dans le ciel, je regardais s'éloigner la baie d'Alger. On venait de vivre les derniers sursauts d'une histoire qui agonisait en silence dans le coin de nos têtes depuis si longtemps.

Un père fantôme qui hantait nos vies.

Avec le temps, on s'attendrit. On oublie. On cherche à gommer les aspérités. Adoucir les angles. Pour nous. Pour nos enfants. Et puis, un jour, ça remonte. Comme un geyser. On se rend compte que non, la blessure, le chagrin, la violence, le manque d'amour sont restés imprimés sur le disque dur. Prêt à ressurgir.

Ce voyage n'avait pas été vain. Mon père avait été réhabilité. Il avait eu droit à son oraison funèbre.

Avec tout le mal qu'il s'était donné pour nous détruire, il le méritait bien.

Je ne lui pardonnerai jamais. Je crois qu'il n'en attend pas moins de moi.

Mon père était mort, et bien mort.

Tant mieux. Je n'éprouvais aucun chagrin.

J'avais vomi ma rage et mon dégoût sur la table de son salon.

Dans cet avion qui nous ramenait chez nous, nous étions tous ensemble, côte à côte, comme quand on était petits et qu'on se faisait des chatouilles dans le dos, la nuit, pour conjurer la peur.

Je sentais la colère me quitter.

Comme un gaz invisible qui s'échappait de mon corps.

C'était fini. Vraiment fini.

Remerciements

Merci à Gilles et Marcello,

Merci à Alexandre et Sonia,

Merci à Denis, pour m'avoir demandé un jour : « Et toi, c'est quoi ton rapport à l'écriture ? »

Cet ouvrage a été mis en pages par

<pixellence>

Imprimé en France par CPI
en mai 2022

Dépôt légal : août 2022
N° d'édition : L.01ELIN000581.N001
N° d'impression : 169607